健身气功通用教材

健身气功·
太极养生杖

国家体育总局健身气功管理中心　编

人民体育出版社

图书在版编目（CIP）数据

健身气功. 太极养生杖 / 国家体育总局健身气功管理中心编. -- 北京：人民体育出版社，2023
健身气功通用教材
ISBN 978-7-5009-6298-4

Ⅰ.①健… Ⅱ.①国… Ⅲ.①气功—健身运动—教材 Ⅳ.①R214

中国国家版本馆CIP数据核字(2023)第065473号

*

人民体育出版社出版发行
三河兴达印务有限公司印刷
新 华 书 店 经 销
*
787×960 16 开本 16.5 印张 192 千字
2023 年 12 月第 1 版 2023 年 12 月第 1 次印刷
印数：1—3,000 册
*
ISBN 978-7-5009-6298-4
定价：52.00 元

社址：北京市东城区体育馆路 8 号（天坛公园东门）
电话：67151482（发行部） 邮编：100061
传真：67151483 邮购：67118491
网址：www.psphpress.com
（购买本社图书，如遇有缺损页可与邮购部联系）

编 委 会

总　序

　　气功作为中华民族的文化瑰宝，是一门研究自我身心和谐的学问。据现有资料考证，气功至少已有五千多年的历史。其源起与人类的形成同步，盛行于新石器时代。在春秋战国时期，与百家诸子的学说相结合，形成了完整的理论体系。秦汉以降，流行于社会多阶层。汉朝时，佛教东渐，道教兴起，气功实践与宗教修行相结合，之后在魏晋、隋唐以致明清，又经历数次繁荣昌盛的阶段。大量实践经验的积累，形成了健身气功独具特色的理论体系和丰富多彩的锻炼方法，数千年来为中华民族的繁衍生息做出了卓越的贡献。

　　进入21世纪，健身气功事业发生了翻天覆地的变化，开创了健身气功史上空前的良好局面。国家体育总局健身气功管理中心从挖掘整理优秀传统气功功法入手，并汲取当代最新的科学研究成果，先后编创推出了健身气功·易筋经、五禽戏、六字诀、八段锦和太极养生杖、导引养生功十二法、十二段锦、马王堆导引术、大舞等系列功法，积极引导群众开展健康文明的健身气功活动，满足广大群众日益增长的多元化健身需求。尤其是近年来，国家体育总局健身气功管理中心把健身气功与建设健康中国、体育强国和文化强国结合起来，注重与健康、文化等融合发展，加之《"健康中国2030"规划纲要》等系列国家政策的指引和新时代群众对美好生活愈加迫切的向往，学练健身气功的群众与日俱增，不仅形成了数以百万计的健身气功习练人群，精彩纷呈的健身气功活动在中国城乡开展得如火如荼，而且传播到境外众多的国家和地区，成为世界各国民众了解中国文化和分享健康生活的重要途径。

随着学练健身气功的持续深入，广大群众对健身气功的悠久历史和文化内涵全面了解的渴望愈加强烈，对隐藏于古老典籍中的气功健身原理奥秘的兴趣愈加强烈，对千百年来健身气功增进身心健康的经验方法的学习热情愈加强烈，对运用现代科学探索健身气功的研究成果的关注愈加强烈。然而，之前编写出版的健身气功·易筋经、五禽戏、六字诀等系列功法丛书，限于种种原因，仅对编创推广的各种功法进行了简要介绍，未能就功法功理等深层次问题进行系统阐释。为满足广大健身气功习练者的迫切需要，我们经过长时间的论证和酝酿，自2014年起陆续启动了健身气功系列通用教材的编撰工作。因为，健身气功推广普及虽然千头万绪，但关键环节是功法教材。建设什么样的功法教材体系，核心教材传授什么内容、倡导什么样的价值取向和学术导向，关系到健身气功的育人与育才，关系到健身气功的发展与昌盛，关系到中华文化的传承与升华。遗憾的是，健身气功至今尚无一套全面而系统的通用教材。经过专家学者们的审慎研究，此次编撰的系列通用教材，主要包括《健身气功导论》《健身气功发展史》《健身气功·易筋经》《健身气功·五禽戏》《健身气功·六字诀》《健身气功·八段锦》《健身气功·太极养生杖》《健身气功·导引养生功十二法》《健身气功·十二段锦》《健身气功·马王堆导引术》《健身气功·大舞》等。

时代是思想之母，实践是理论之源。健身气功绵延数千年，有其独特的文化内涵；新时期编创推广的各种健身气功功法，也有十几年的实践积累。此次编撰系列通用教材，既要加强对健身气功传统文化的挖掘和阐发，也要加强对实践经验的总结和提炼，更要善于聆听时代的声音，使健身气功养生文化与当代文化相适应、与现代社会相协调，把跨越时空、超越国界、富有永恒魅力、具有当代价值的文化精神弘扬起来，进一步推动健身气功创造性转化、创新性发展，激活其生命力，为解决人类健康问题贡献健身气功智慧和方案。这次编撰工作是以科技攻关的方式展开的。《健身气功导论》委托中国科学院力学研究所陶祖莱研究员撰写，主要是从中国传统文化与现代科学相结合的视角，探讨并系统阐释气功健身的基本原理、练功要素和实践指要等内容，从总体上论述了健身气功的共同规律和内容，是贯穿健身气功各功法的生命线。《健身气功发展史》委托国家体育总局体育文化发展中心和天津体育学院联合编撰，是以中国历史发展脉络为主线，着重阐述健身气功的历史演变进程和规律，旨在正本清源，更好地认知、继承和发扬健身气功养生文化。《健身气功·易筋经》等系列功法教材，均是委托原功法编创课题组负责编撰。各功法教材依据经典，征诸实践，分别从史、理、法、效、学、练、教、问等角度讲述各功法的奥秘，既有继承，也有发扬，特别是使过去很多难以言表的、只有靠师徒传授和反复领悟的内容跃然纸上，让学者有迹可循、有法可依，对初学健身气功具有指导意义，亦能指明向更高境界进取的途径。

行百里者半九十。中国汗牛充栋的古代典籍著作，正史之中虽屡见健身气功的蛛丝马迹，但鲜有专文论述，野史、稗史虽记述广泛，然往往浅而不确；历代医家经典虽多有专题论述，却多重其法而简其理、略其论；各家宗教修持秘典，资料虽丰，记述亦详，因或隐语连篇，或语言晦涩，或借喻累牍等缘故，要想挖掘气功健身之奥义，困难亦是颇巨。21世纪现代科学发展可谓迅猛，但面对人体这个复杂的巨系统，至今尚无法用现代科学理论完全解释气功健身养生的机理。何况，古人之思想、生活之环境、知识之背景、认知之方法，与今人已有迥然之别。因此，要想编撰一套适应新时代发展要求、立足中国

总序

3

传统文化、体现国际学术前沿的健身气功通用教材，需要各项目组付出更为艰巨、更为艰苦的努力。"为学之实，固在践履"。各项目组承担任务后，坚持解放思想、实事求是、与时俱进、求真务实，坚持辩证唯物主义和历史唯物主义，紧密结合新的时代条件和实践要求，以全新的视野深化对健身气功规律的再认识，进行了大量的文献检索考证和广泛的调查研究，分别组织了不同类型的教材研讨会，进行了多次集中封闭撰稿和教学实验，反复斟酌、几易其稿、精雕细琢，努力锤炼精品。与此同时，我们还邀请多位学术造诣较高的权威专家组建评审组，在立项评审、中期检查和结项评审等关键环节上严格把关，在编撰过程中积极出谋划策、提供咨询和建议，从而确保高质量编撰教材。值得一提的是，陶祖莱研究员为整套教材的框架设计和内容编写提供了宝贵的智力奉献。在此，我们由衷地感谢各项目组、专家评审组付出的辛勤劳动！

这次编撰教材是健身气功深化改革的一项重要举措。为保证系列教材编撰质量，采取分批启动、分批推出的方式。在编撰过程中，我们做了以下几方面的努力。一是守中学为体，以西学为用，运用集体的智慧，增强教材的科学性、人文性、民族性、时代性、系统性和实用性。二是尊重功法原创，融入最新研究成果，在理论内涵的挖掘、技术操作的规范上下功夫，注重功法体系建设，倡导健康生活方式。三是教材各自独立成册，方便学者阅读操作，并充分考虑受众面，力求把难懂的古代语言和现代科学术语尽量用通俗易懂的言语表达出来，既方便普通群众学练健身气功使用，亦可供练功已有相当基础者提高运用。编撰教材的同仁们，有心为普及和发展健身气功事业尽绵薄之力，但这毕竟是一项全新的工作，向无蓝本可循，其编撰难度之大是可以想象的，又限于我们的水平和能力，肯定会有许多不尽如人意之处，敬请各界专家、学者和读者们给予批评和指正，使之能更好地为指导民众科学练功、增进身心健康发挥作用。

健身气功·太极养生杖

目　录

目录

3

健
身
气
功
·
太
极
养
生
杖

第一章

健身气功·太极养生杖

功法概述

第一节　功法源流

健身气功·太极养生杖，是中国太极文化、杖文化、导引养生文化的一种完美融合。探寻其渊源，可以追溯到史前文明。其发展过程，可分为先秦萌芽、秦汉至隋唐成形、宋元明清繁荣、中华人民共和国成立后四个阶段。

一、杖的史前文明演变

杖，十尺之长木棒（木形丈声），是人类最先使用的工具之一。棍棒类工具容易获得，方便使用，制作简单。诸多史前岩画、彩陶、刻画中，多有原始部族的先人手持木棒追赶猎物的场景。先民通过棍棒类工具的制作及使用，锻炼了相应的身体运动能力，推动了以杖为载体的多种运动形式的出现。先民早期用于狩猎、采摘、探路等日常生活，后又逐渐用于祭祀、战争、体育、舞蹈等许多方面。《太平御览》卷七九引《龙鱼河图》记载："（蚩尤）造立兵杖、刀、戟、大弩，威振天下。"广西左江花山岩画上刻有上古时代北极天帝顶天立地大舞，身上就佩带一根杖（图1-1）。由此可以想象，为了获得上天的能力或启迪，人天沟通，先人们以手持杖，一边跳舞，一边口中发出一些"咒语"的场面。

图1-1　广西左江花山岩画之一

史前先人开启了棍棒的使用。随着文明的开化，其使用形式不断丰富，由狩猎、战争，到锻炼、养生；其内涵寓意不断升华，从最初作为肢体运动的棍棒工具，后来发展为文明、权力之杖的精神象征，从而使杖具有了健身、文化、社会、宗教等多个层面的重要意义。

二、先秦时期，以杖健身养生的萌芽

中国历史发展至夏、商、周三代，杖变成了一个文化符号，成了权力、地位、身份等的象征。甲骨文"父"字手中持杖，用来率领、教诲一家人。甲骨文中的"尹"字，也是手中持杖，本义为手持木棒搀扶、探路、引路，后引申为为一方百姓之人引路。"君"字的甲骨文，也是手中持杖，用口发号施令，指一国之君主。君子，本义为尊贵的"君王之子"，但在先秦诸多典籍中的君子一词被赋予了道德的含义，指具有德行的人。《周易·乾卦》："九三，君子终日乾乾，夕惕若厉，无咎。"文中君子是已具有德行的人。君子手中这根杖成为德行之杖、知识之杖、文明之杖。手持不同类别之杖，代表了不同的身份和地位，所以当时有"权杖""齿杖""兵杖""丧杖"等。《论语·乡党》曰：

"乡人饮酒，杖者出，斯出矣。""杖者"，即老者，在乡里具有威望之人。

杖，除了代表着地位和身份外，当时广泛应用于战场和操练。"殳"，竹子贴在木棒外面制成的长杖兵器，当时广泛用于战场。《周礼·夏官·司兵》："掌五兵五盾。"郑玄注云："五兵者，戈、殳、戟、酋矛、夷矛也。"兵车上插有五种兵器，供士兵作战时使用。《周礼·夏官·司兵》曰："殳以积竹，八觚，长丈二尺，建于兵车，车旅贲以先驱。"《说文解字》："殳，以杖殊人也。"用于兵车前部开路的长兵器。《诗经·卫风·伯兮》亦有："伯也执殳，为王前驱。"

"杵"，商代用的类似"殳"的长杆兵器。《尚书·武成》曰："罔有敌于我师，前徒倒戈，攻于后以北，血流漂杵。"战死士兵之血把沉甸甸的长杖兵器杵都漂起来了。冷兵器时代，长杆兵器在战场上比较多，如殳、戈、戟、矛等。此类武器运用娴熟，必须日日操练，熟练掌握其技能，方可在战场上发挥作用。可以断定，当时有很多种操练长杆类器械的运动方法和技术。其中一些长杖类器械技术，从战场上退下来之后，逐渐变成了士兵的一些日常锻炼方式。

众所周知，《行气玉佩铭》是我国现存最早的气功文献，现藏于天津博物馆。作为战国晚期的"行气玉佩铭"，1953年由天津博物馆在民间征收而来。它是一枚青玉杖首，其十二面棱柱状的外表刻有行气诀：

"行气，深则蓄，蓄则伸，伸则下，下则定，定则固，固则萌，萌则长，长则退，退则天。天几春在上；地几春在下。顺则生；逆则死。"

以郭沫若为代表的一些学者认为，它是古代行气的一个法诀，描述了深呼吸的一个回合。手杖首配有吐纳行气的行文，不仅起到身份标志或手杖的装饰作用，而且可能是持手杖做健身锻炼的指导文字，这让我们联想到左江花山岩画中的大舞人物。可见，史前文明之杖发展到这里，已经成为文明之杖，并被广泛用于祭祀、练兵、养生等诸多方面。

三、秦汉至隋唐，以杖健身养生的成形

由秦、汉至隋、唐，融太极、杖械、导引于一体的养生术正式出现。从文献资料看，既有相关的文字描述，也有直观的图片呈现；既有相应的养生理论，也有具体的导引招式。从效果看，健身之杖不仅可以养生保健，也可以治病疗疾，标志着健身养生杖的正式成形。

张家山出土的汉简《引书》，是西汉初期的导引养生专著，约成书于西汉吕后二年（公元前186年），可谓对汉初之前医疗导引术的一次总结。《引书》记载了导引术110种，用于治病的达50种。《引书》中有7条关于器械的养生术式，其中有3条关于养生杖的健身描述。

第一条，手持杖踏墙，治疗手足疾病。其文曰：

"引之之方，右手把丈（杖），乡壁，毋息，左足蹠壁，卷（倦）而休；亦左手把丈（杖），右足蹠壁，亦卷（倦）而休。头气下流，足不痿痹，首不踵肌，母（毋）事恒服之。"

右手握住杖，面向墙壁，屏住呼吸，用左脚在墙壁上跺踏，直到累了才停下来。换左手握杖，右脚在墙壁上慢走，累了方停。杖在这里的作用有二：其一，打开身体一侧气脉，与另一侧脚的运动相错呼应；其二，支撑身体重心，让人稳定。练习效果有三：（1）可以让头上的阳气向下流；（2）脚不麻木；（3）头不胀痛，鼻不堵塞。练习频次没有记录，但是"母事恒服之"，即没事要经常这样做，长期练习，效果才

更明显。

第二条、第三条同在"引膝痛"下：

"引膝痛。右膝痛，左手据权，内挥右足，千而已；左膝痛，右手据权，而力挥左足，千而已。（以右手据权）左手勾左足趾，后引之，十而已；又以左手据权，右手引右足趾，十而已。"

"权"，《说文解字》曰"黄华木"，这里指用黄华木制作的杖。右膝盖痛，左手握杖，右脚向内挥动，一千次。左膝盖痛，右手握杖，用力向内挥动左脚，一千次。另一种方法，左膝盖痛，右手握杖，左手从身后勾住左脚趾，向上牵引十次；右膝盖痛，左手握杖，右手从身后勾住右脚趾，向上牵引十次。这种腿脚的左右前后牵拉可以更好地促进下肢的经脉之气运行，以疗愈膝盖的疾病。

在湖南长沙马王堆汉墓出土的帛画《导引图》中出现了圆盘、杖等器械导引的健身方式。帛画《导引图》上刻画有四十四幅导引术式，年代为公元前168年以前，直观地展现了当时导引的面貌，其中，有两幅关于杖的健身术式，图文并茂，旁文配有"以丈通阴阳"，表明了其健身思想与方法。

第一幅，直身握杖。导引图的第十七幅图（图1-2）。图中男子身体直立，双手握杖拄地，目视前方，双脚并拢，应为前后摇动身体、提踵、远望、调息等类型的导引运动。

第二幅，俯身转体，旁文"以丈通阴阳"。导引图的第三十幅图（图1-3）。古文"丈"与"杖"通用。图中女子双脚分开，双手分开握杖，俯身侧转，以杖拄地，目视下方，最大程度地旋转身体，打通经络，调整身体阴阳之气，这传达出了该动作的作用与功效。这说明自汉代就有手拿长杖进行导引健身养生的运动，并已正式成形。

图1-2　　　　　　　　　　　图1-3

　　以阴阳之气为核心的太极概念，在夏、商、周时代逐渐确定，且在天文、地理方面已广泛使用。春秋战国时期，人们开始用阴阳之气解释万物的生成，并应用于生活的诸多方面。此外，春秋时代的著名医生"医和"认为阴阳之气乃五味、五色、五声、六疾、四时、五节产生的根源。医和曰："天有六气，降生五味，发为五色，征为五声。淫生六疾。六气，曰阴、阳、风、雨、晦、明也，分为四时，序为五节，过则为灾。阴淫寒疾，阳淫热疾，风淫末疾，雨淫腹疾，晦淫惑疾，明淫心疾。"战国时代，气已经变成天地万物的生成因素和承担者。荀子曰："阴阳大化，风雨博施，万物各得其和以生，各得其养以成，不见其事而见其功，夫是之谓神。"（《荀子·天论》）《吕氏春秋·尽数》曰："精气之集也，必有入也。集于羽鸟，与为飞扬；集于走兽，与为流行；集于珠玉，与为精朗；集于树木，与为茂长；集于圣人，与为复明。精气之来也，因轻而扬之，因走而行之，因美而良之，因长而养之，因智而明之。"鸟兽、草木、圣人……它们的形制和功能都来自气。庄子曰："通天下一气耳！"《导引图》中"以丈通阴阳"，通过持杖导引，调理人体阴阳之气，使之氤氲交合、阴平阳秘，从而达到养生、益寿之效果。以阴阳为理念、太极为目标的太极养生杖功法，其渊源系于此，也承于此。

《引书》与《导引图》的杖、圆盘等器械进行导引养生，足以向世人展现汉之前器械导引养生术的繁盛状况。另外，有文献记述三国时期周宣提出"杖起弱者，药治人病"（西晋·陈寿《三国志·魏书·周宣传》）的观念，把杖与药并提。可见杖当时在人们心中的地位。再者，南北朝时期，"山中宰相"陶弘景撰写的《养性延命录》中，对以杖导引治疗疾病的术式作了专门的记载。其文曰：

"平旦便转讫，以一长挂杖策腋，垂左脚于床前，徐峻尽势，掣左脚五七，右亦如之。疗脚气，疼闷，腰肾间冷气，冷痹及膝冷脚冷，并主之。日夕三掣弥佳。勿大饱及忍小便。掣如无杖，但遣所掣脚不著地，手扶一物亦得。"

天亮就起床，用长杖顶住腋下，左脚垂下，用力导引牵拉左脚三十五次，换右脚。作用：可以治疗脚气，胸闷，腰、膝、脚寒冷之病。注意：一天三次效果更好，但是不能大饱时练，不能忍着小便练习。如果没有合适的杖，则用手扶着一个稳固的东西，让导引的脚不着地进行练习。这条记载可以表明与西汉导引养生专著《引书》中相关术式一脉相承。其不仅有习练方法、治疗效果，还有练功注意事项。

与此同时，这一时期杖类器械，除了养生健身术之外，用于格斗的杖术也迅速发展。葛洪在《抱朴子·外篇·自叙》描述曰："晚又学七尺杖术，可以入白刃，取大戟。"此杖术可以与刀相媲美。另外，《周书·王罴列传》记载："罴尚卧未起，闻阁外汹汹有声，便袒身露髻徒跣，持一白挺，大呼而出。敌见之惊，逐至东门，左右稍集，合战破之。轨众遂投城遁走。"王罴，北魏大将，有一次遭韩轨、司马子如带兵夜袭，手持"白挺"（白杖），率兵打败敌人，可见其杖术之威力。

四、隋唐至明清，以杖健身养生与太极的繁荣

隋唐以后，太极思想与杖融入道家、佛家、兵家、养生家等各家体系之中，全方位繁荣发展。

道家的杖法与道教的一些法术结合在一起。道家之杖都寓意了特殊的法力，也称为"法杖"。《洞玄灵宝道学科仪》曰："凡是道学，当知九节杖，辅老救危，各有名字，不可不知。"可见杖在道学中的地位。九节杖每一节都有自己的名字，都有一定的寓意和作用。道士在使用法杖时也有固定的招式。南宋王契真《上清灵宝大法》记载，使用法杖时要注目于杖，用意念"化策杖为芝幢，龙头虎尾之状。龙身光耀，口含华幡，灵风庆云，盘结于上，光焕无极"。除此之外，还有"以杖指天，天神设礼；以杖指地，地祇侍迎；以杖指东北，万鬼束形"。表面上看，这些都是道家的法术，但是剥开法术的外在形式，寓养生之杖的健身形式则清晰地展现在今人面前。身着道袍，长袖迎风，身心不二，凝神静气，脚履禹步，踏着音乐，手持长杖，时而挥向天空，时而指向地面，时而挥向四方，导引吐纳，诠释着天人合一的大道境界。当然，也有些道士的杖法比较隐喻或夸张。《云笈七签·太上神虎玉经神虎内真符》曰："有道士著七色法衣，手持九曲策杖，或在灵坛之所，或在人间告乞，或咏经诗，或作狂歌。"

佛家的杖法与佛家的戒律生活融为一体。佛家有禅杖、锡杖、韦陀杵等。禅杖，在禅宗里用来惊醒打禅时瞌睡昏迷之人。一般的禅杖都由

裹住两头的木棒、竹棒制成，较短。在禅房中，心生敬意，手持禅杖，双手举杖至头顶，然后到昏沉者旁边，轻轻打一下，以示警戒。《十诵律》："若故睡不止。佛言：听用禅杖。取禅杖时，应生敬心。云何生敬心？言：以两手提杖，戴顶上。应起看余睡者，以禅杖筑。"明初四学士之一刘基有诗云："过桥禅杖落，坐石裂袈裟祖。"（《春谷诗·为竺西和尚赋》）用于警戒的禅杖，后来成为一些大德僧人手持的一个标志性法器。锡杖，本来是僧人云游时手持的一根杖子，唐代义净《根本说一切有部毗奈耶杂事》卷三十四等记载："杖头安环，圆如盏口。安小环子，摇动作声而为警觉。"乞食时为了唤醒人家的注意，杖子上端安装有金属小环，遇到凶险的动物时可以用杖子吓唬。锡杖作为云游僧人的一个手持物件，平时用来帮助脚力，也可以挥杖自我保护、锻炼身体。韦陀杵，是佛教韦陀大菩萨手中所持的一根杵，又称韦陀降魔杵。韦陀佛像有三类手持杵的动作，一般认为代表寺院的规格。清代姚福均《铸鼎余闻》载："合掌捧杵者，为接待寺，凡游方释子到寺，皆蒙供养。按其杵据地者则否，可一望而知也。"后来《易筋经十二式》中的前三式"韦陀献杵"即源于此。禅杖、锡杖、韦陀杵等都为佛家法器，但究其来源，都与生活有密切联系，长期手持长杖，每天挥斥几趟，运动导引、养生保健的作用自然发挥。

明朝以后，棍、杖之术在练兵、战斗中被广泛运用，棍术成为士兵使用各种兵器的基本功。戚继光在《纪效新书》中说："用棍如读《四书》，钩、刀、枪、钯如各习一经。《四书》既明，《六经》之理亦明矣。若能棍，则各利器之法从此得矣。"一些有关棍法的专著也相继产生。如俞大猷《剑经》、戚继光《纪效新书·大棒解》、程冲斗《少林棍法阐宗》等都是影响深远的著作。知名的地方棍法也有很多，如与少林棍齐名的青田棍。《干城录》载："乾隆四年，武状元金华朱秋魁，擅长剑技，其术青田棍也。"武状元朱秋魁擅长之术，即青田棍法。这一时期，太极阴阳思想逐渐融入棍术之中，格斗的棍、杖之术兼具了养生修身的功能。抗倭名将俞大猷《剑经》的指导思想即阴阳太极理论："中直八刚十二柔，上剃下滚分左右……刚在他力前，柔乘他力后。彼忙我静待，知拍任君斗……阴阳要转，两手要直，前脚要曲，后脚要直，一打一揭，遍身着力，步步进前，天下无敌……转阴阳不可太早……顺人之势，借人之力……"其中"八刚十二柔""阴阳要转""顺人之势，借人之力"等，不离阴阳太极。随着中国社会发展的历史进程，冷兵器式微，逐渐退出主战场。明清时期兵家棍法的繁荣发展，武术与养生、吐纳的不断融合，也推动衍生出具有养生效果、太极思想的拳、棍、棒、杖等健身养生法。

明清以后，以杖养生、健身的导引之术流传于民间，在医疗保健中发挥了重要作用。首先，医家、养生家以杖拍打法疗疾、练功。《续仙传·卷上》："或人有告疾者，湘无药，但以竹拄杖打痛处。取腹内及身上百病，以竹杖指之，口吹杖头，如雷鸣，便愈。其患脚膝腰背驰曲，拄杖而来者，亦以竹杖打之，令放拄杖，应手便伸展。"（《正统道藏·洞真部》）即医家以杖拍打痛处治疗疼痛，用口吹竹杖震动内脏疗疾，用杖拍打治疗脚疼腰酸等疾病。而养生家以杖拍打练功，屡见不鲜。如《易筋经》功法的以杖拍打练功：

"二月行功法：其中软处，用木杵深深捣之。久则膜起，浮至于皮，与筋齐坚，全无软陷，始为全功。"

"三月行功法：功满两月，其间陷处至此略起，乃用木槌轻轻打之。两旁所揉各一掌处，却用木杵如法捣之。"

从中可以看出，《易筋经》用木杵、木槌捣打身体两侧是非常重要的过程，通过捣打以充盈气血、腾起筋膜。导引养生家更是结合吐纳、丹道等修习杖法。《云笈七签·青谷先生·卷一百十一》："青谷先生者，不知何许人也。常修行九息服气之道，后合炉火大丹，服之得道。一旦天降刘文饶于寝室，授其杖解法，得入太华山。"青谷先生，明吐纳之术，习大丹之道，又有杖解之法，最后修道成真。可惜，文中没有记载"杖解法"的详细内容。由此可见，从《引书》《导引图》开始，杖的健身养生锻炼方式一直在传播、延续、演变与丰富发展着。

作为健身的一个重要组成部分，为了达到更好的养生、治病效果，古人对杖制作的选材、尺寸也有相应的规定。如选材中有木杖、竹杖、金属杖等，尺寸从一尺到七八尺都有。选材中以木杖最多。建安七子之王粲《灵寿杖颂》记载："兹杖灵木，以介眉寿。奇干贞正，不待矫揉（古通'揉'，使东西弯曲）。据贞斯直，植之爱茂。"用具有灵气的木头制作的杖，正直有生命力，持之可以助人长寿。《尔雅翼》云："木瓜大枝作杖策之，云利筋膝。"用木瓜树枝干做的杖有利于膝腿保健、筋骨的柔韧。竹杖次之。岳珂《桯史·寿星通犀带》："凡寿星之扶杖者，杖过于人之首，且诘曲有奇相，今杖直而短，仅至身之半，不祥物也。"由此可知，当时人使杖的长度应比人稍高，而今世上流行的是人身的一半高度。道士制作法杖更是讲究：

"须择名山福地，净域灵墟，用吉日取向南净竹长五尺五分，通有九节者，奉安净所，选甲午、丙午、丁卯或三月三日、五月五日、七月七日、九月九日。将竹第一节左微曲一曲，右微曲一曲，于第一节下四面开四窍，纳以四岳内名。于顶中开一元，安中岳内名。又实以灵书中篇，各以蜡封固，或专意佩持修用者，则用五帝符入杖中。以黄纹之缯作袋用，长短小大仅可容杖。"

　　道士们把选材的地方、时间、长度、制作、配饰等都作了详细的规定。也有用紫竹做杖，宋代黄庭坚《失紫竹柱杖颂》诗可知，佛家的锡杖头脚多为金属制作，杖身仍多用木材。《锡杖经》云："迦叶佛为二股十二环，地藏菩萨为二股六环，释迦佛为四股十二环。"在西安法门寺出土的一根锡杖，为唐懿宗所供奉，都是金属制成，杖身4轮套12个环，代表"四谛"和"十二因缘"，被称为"世界锡杖之王"。《易筋经》对杖的要求也有记载："木杵、木槌皆以坚木为主，其最降真。其次文楠、紫檀、花梨、铁栎、白檀，皆堪制用。杵长六寸，中径寸半，顶圆而微（尾）尖，即为合式。槌长一尺，围圆四寸，把细顶粗，其粗之中略高少许。取其高处着肉，而两头尚有闲空，是为合式。"

五、健身气功·太极养生杖的编创与传播

　　中华人民共和国成立后，党和政府对发展民族传统体育非常重视。气功、太极等传统健身养生体育项目，在人民群众中得到了较大的推广普及。作为传统健身养生的器械类运动，在20世纪50年代，武术家赵中道（1844—1962年）推广的"太极尺"（也称"太极棒"）开始流行于世。太极尺共分为站式、平坐式、盘坐式、卧式，主要内容为九字诀功，即洞、摇、晃、转、坠、簸、颤、抖、静，既可以单式习练，也可以选练一、两字诀组合练功；通过柔和缓慢的动作，引导练功者放松身心，实现健身保健的功效，出版有《太极尺研究》《先天气功太极尺》《太极尺气功》等专著。清华大学曾在20世纪五六十年代把太极尺作为大学体疗课教学内容。此外，20世纪90年代郭林女士创编的新气功走进

大众视野，其中有一"松揉小棒功"的器械功法，采用站式，通过两手持棒，以腰为轴，气沉丹田，上下、前后、左右六面俱到的练习，以调动内气、疏通经络、调理气血，实现增强体质和康复的作用，在社会上也有推广和传播。

21世纪初，为使健身气功这一中华传统优秀文化不断发扬光大，更好地服务人民群众身心健康，国家体育总局健身气功管理中心在广泛调研的基础上，从挖掘整理优秀传统养生健身功法入手，以科研课题方式组织专家编创推出了易筋经、五禽戏、六字诀、八段锦四种健身气功，深受境内外气功爱好者的欢迎和推崇。为挖掘整理更多的优秀健身气功功法，向习练者提供更多的功法选择，2007年国家体育总局健身气功管理中心又以科研课题方式组织健身气功新功法编创，清华大学中标负责编创健身气功·太极养生杖。

清华大学课题组以"继承传统，古为今用，与时俱进"为编创原则，力求以杖作为健身养生的手段，编创一套既简单易学、安全可靠、健身效果明显、适应面广泛，又注意挖掘继承传统健身功法精要的器械类功法，以更好地服务群众的健身养生需求。因此，课题组在充分分析、归纳、吸收传统摄生、按跷、导引、吐纳、仿生等健身方法和理论文献精髓的基础上，又结合课题组多年的实践经验，将编创功法定位在继承太极文化上，展现以杖通阴阳的文化理念，同时积极借鉴"太极尺"（太极棒）的"摇""转"等运动规律，突出圆运动特色，以外动带内动，疏通人体经络，促进气血运行，实现调心、静心目的，达到内与外的阴阳平衡。其创新性在于充分发挥了杖的器械作用，将按摩、行杖等技法融为一体，突出人在天地之间四面八方的圆转运动，体现了无论在形式上还是内容上的"圆道法理"的内涵。课题组经过反复论证、研讨和教学实验实践，历时两年多终于完成了健身气功·太极养生杖的编创工作。

编创的健身气功·太极养生杖，取意"太极"阴阳和合、天人合一、内外相谐等传统文化理念，其中"养生"是指保养、调养、颐养生命。太极养生杖的动作内涵，不同于太极剑、太极刀、太极棍等富有攻防技击要素和格斗意识，而是一套以健身养生为终极目标的功法，使得祛病强身、养生康复更加具有针对性。编创推广以来，太极养生杖不仅在中国广泛推广，而且传播到境外数十个国家和地区，拥有数以百万计的习练人群。群众的广泛实践和大量的科学研究表明，太极养生杖融传统与现代于一体，集修身养性与娱乐观赏于一身，是一套行之有效的优秀健身养生功法。

第二节　功法特点

健身气功·太极养生杖动作优美大方，气韵生动，人杖合一，古朴中透着现代，开合中蕴含着"中和"之度。通过仿生象形，把习练者引入水天一色、物我两忘的境界，在圆转行杖中，通过腰为轴枢的肢体导引运动，以及循经摩运，使人体四肢百骸有节律地得以收放、伸缩，达到长筋壮骨，进而促进了全身气血运行，也使脏腑得以疏通与调节。

一、以杖导引，圆转流畅

以杖导引，是太极养生杖最显著的特点。"杖"，在《说文解字》

中，"持也"，在马王堆《导引图》中"以丈（杖）通阴阳"。导引，指参与者通过主动的肢体运动，引导体内气血运行的运动方式。葛洪《抱朴子》曰："知屈申（伸）之法，谓之导引。"导引的目的在于"导气令和，引体令柔"。以杖导引，表明器械"杖"在功法的健身运动中起着前导性作用。把杖作为身心的延伸，在握杖、行杖、摩按等各种运动变化中，意、气、形贯通肢体达于杖。在持杖导引时，意识上则要把杖看成手臂的一部分，让气血沿杖行至其导引的顶端，呼则随"杖"以出，吸则随"杖"以入，以杖导引，调身内外。另外，中医认为，手指末端的井穴是手臂的最远端或末端，气血至此便返回朝着人体中心运行。习练时，意想指端之井穴外移至杖体或杖端，在引杖运身过程中，杖体或杖端作为手的梢节或末端，通过杖端或杖身的领带或导引，连贯流畅地完成卷、旋、绞等"手法"，使手臂中的经络和手腕处的原穴得到充分的刺激，使手三阴、三阳经脉的气血得到更好的疏通。

圆转流畅，是太极养生杖显明的外在运动形式。杖，一根直线型的器械。在整个功法的行杖路线、方向的变换过程中，持杖完成包括四正、四隅八个方位的不同半径"圆"的螺旋与圆转运动，杖行圆弧，无处不在，而且每一式动作的变化与衔接，都应不起棱角、浑然一体，处处要圆转流畅。整套功法运动轨迹所形成的线条，犹如一幅立体的八面球体图画，外圆内方，方中求圆，旋中求正。两手握杖运行，手臂、躯干与杖有不同的位置和角度的变化，形成了三者之间的不同空间关系，要求习练者在立体的三维空间中完成大、中、小三圆的协调运动。大圆运动，以地心为圆心，人杖合一，人天合一，在广袤的宇宙空间运杖练功；中圆运动，以人体小腹为中心，杖为手臂延长线，以杖远端为半径端点，进行手臂、躯干、腰腿的旋转、屈伸与开合；小圆运动，其内以左右腰际、小腹做圆转，其外以杖的中心点或杖横截圆面圆点为圆心，杖两端或杖横截圆面半径为圆端点的小圆运动。大、中、小三圆运动中，每个圆运动又可细分为"平圆""立圆""8字圆"三种运行路线。由此可见，圆运动在太极养生杖中体现得淋漓尽致。

二、腰为轴枢，身械合一

太极养生杖，强调以腰为轴枢，突出围绕着脊柱进行全身多角度的健身养生运动。腰，是人体承上启下的中间重要部位，也是人体的机要部位。古人认为，人的腰中藏有"万缕气丝"，其连接上下内外，它的状态直接影响着全身的健康。从中医角度看，横向缠腰的是带脉，纵向穿腰的是足三阴三阳和任、督等奇经八脉的必经之地。"腰为肾府"，固腰强肾是健身、养生的根本。从生物力学的角度分析，脊柱是人直立的"顶梁柱"，具有支撑躯干、保护内脏、保护脊髓的作用。在脊柱的33块椎骨（颈椎7块，胸椎12块，腰椎5块，骶骨、尾骨共9块）中，腰椎在脊柱的椎骨中最为粗壮，承担着传递上下重力的枢纽作用，人体的大部分发力、运劲都要通过腰的传递与转化。因此，太极养生杖的功法动作，不论转、拧、俯、仰、进、退等，牵一发而动全身，气息的细匀深长，以及劲在人、杖之间的传递，都"刻刻留心在腰间"，才能掌握好功法的技术特点，更好地做到身械合一，同时，也使腰中蕴藏的"万缕气丝"在身械合一技术中不断得到锻炼与加强。如"风摆荷叶"一式，杖至体侧，脊柱呈侧屈状，稍停，闭息，腰以上自然舒伸，腰以下至脚扎根入地；以腰为轴，向上弧形举杖至头上方，吸气，同时立脊、松腰、敛臀；而向下落杖时，呼气、立项、竖脊、沉肩、松腰、沉胯；

当杖向左或右划平圆时，腰转如磨盘。整个导引过程，力发于足，上行于腿，蓄于腰，再以腰带身，以身带臂，以臂运杖，可见腰为轴枢之关键。

身械合一，是太极养生杖很重要的功法特点，也是体现功法健身功效的重点技术。两手持杖，杖与手臂、躯干三者之间形成了或协同或延展的不同空间关系。身械合一包含两方面含义：第一，身械合一，体现在身械的协调性与协同性，即杖与肢体导引的相辅相成、协同配合的统一性。杖领身随，提、举、升、降，以意引导。杖起、臂伸，杖在前，手跟臂随，同时松腰、敛臀、沉胯；当下行落杖时，沉肩、坠肘，臂随之屈收、沉落，气沉丹田；当以杖端先行，人的意、气、劲，不仅贯于指端末梢，还要传递至杖身，达于杖端，乃至杖端向外延长的空间里，体现了太极养生杖身械整体的协同性和统一性。第二，身械合一，体现在人杖融合方面。功法习练时，把杖作为身心的延伸，在握杖、行杖、摩按等各种运动变化中做到自然流畅，没有凸凹处，没有断折处，由头到脚节节贯穿，达到杖与人融为一体，从形式上表现为"人不离杖，杖不离手"。

三、按摩行杖，融为一体

按摩行杖，融为一体，是太极养生杖的又一显著特点。导引与按摩，作为古代养生方法，既有二者截然分开的，也有结合在一起的。唐代释慧琳在《地经疏义》说："凡人自摩自捏，伸缩手足，除劳去烦，名为导引。"这种"自摩自捏"的导引法，其作用正如明代养生家高濂在《遵生八笺》中所说："……按摩导引之术，可以行血气、利关节，

18

辟邪外干，使恶气不得入吾身中耳。传曰：'户枢不蠹，流水不腐。'人之形体，亦如此，故延年却病，以按摩导引为先。"从广义角度而言，导引按摩可以归为古代养生术一大类；从狭义角度看，导引与按摩是两种不同的养生技术。导引，是肢体的主动屈伸运动，推动体内气血运行的运动方法；按摩，是用手直接在身体上推、按、捏、揉、摩，以促进气血运行的养生方式。

太极养生杖则继承传统健身养生方法，以杖为支点，行杖按摩，既加大了与身体的摩运接触面积，也有利于加深刺激循行于躯干、四肢的经络、筋经与腧穴的气血运行。太极养生杖功法中，包含腹部、肋胁、腿部、肩部等多个部位的经脉按摩。太极养生杖功法，借助杖将摩运筋经、按压穴位，顺势而为，自然融于行杖路线中，或沿经络走向贴肌肤摩运，或者按压相关穴位，气到、势到，再意念强化循经导络，在仿生象形的动作过程中，于杖行之中，使按摩行杖融为一体，从而体现按摩、行杖合二为一。如"预备势"中，杖贴腹部卷杖上提，至两乳下约膻中位置，再向下摩运至腹，随着行杖上肢的上升、下落的导引运动，杖在腹前也完成了一组上下的按摩动作，把导引与按摩融于无形之中。摩运腹部"中焦"，在功法中多次出现，如"风摆荷叶""船夫背纤""探海寻宝"都有中焦的摩运。按与摩，是两种手法。摩，在向深处用力的同时，还有距离的运行；按，则是在某一部位向下或向内至深处用力下压，如"船夫背纤"，以杖导引，拧转腰脊与按压肩井穴配合完整，一气呵成。杖随意动，杖走形随，仿生象形，使物、境、人相互呼应，令人凝神聚气，体现了人、杖、形、意的统一，体现了按摩行杖融为一体。

四、仿生象形，气韵生动

仿生象形，通过运用导引动作模仿生活和大自然中的一些场景、形象，使学练者如临其境，内心对之有所感动，从而快速进入练功状态之中。初学者，因动作生疏、身形不端正、气血不充盈等，练功时常不能专注，不知道把心神放在哪里。所以，思想涣散，有身无心，健身养生效果事倍功半。而太极养生杖每一式都包含着仿生象形的情景，立象以尽意，使习练者的心神能寄于自己熟悉的生活情景之中。概而言之，整套功法意境，似人在开阔、优美、惬意的水面上乘船泛舟、微波荡漾；有时如漂浮水面的"轻舟缓行""风摆荷叶"；有时如沉潜海底的"神针定海""金龙绞尾"；还有时如沿河岸上行的"船夫背纤"。在优美的情景中练功，学练者心神容易安定，心神安定则气血不会妄动，气血不妄动则能跟随动作的屈伸导引，各自回归本经，达到身、心、气息的"三调合一"的良好生命状态。

气韵生动，指练功时要有"味道"。《中庸》曰："人莫不饮食也，鲜能知味也！"人人都吃饭，但是懂得五味的人却很少；很多人都练功，有"味道"的并不多。怎么样才算练功有"味道"？首先，要"有气"，能感受气，理解气，运用气。其次，要"留韵"，会体悟韵、欣赏韵、把握韵。气韵，是学练者生机之气与精神内涵的集合表现。从太极养生杖角度看，身体和杖械合一的运动过程中，不论卷杖、滑杖、旋杖、引杖，还是止杖，习练者都能有节律地由内而外，又由外到内，且呼吸自然、吐纳有度、气息行停有节，则为"有气"。如第五式"神针定海"，开步两手持杖在体前划立圆时，与一呼一吸自然协同配合，并随着练功松静程度的提高，呼吸深度越发细匀深长，一呼一吸转换也越来越无声无息。太极养生杖中式式都有"留韵"的特点。韵，本来是韵母的应和、押韵，在功法中则表现在每一式的收势、吐气、定势等过程中，体现意境中人杖形神，传递出气息、神态、体态的意味悠远。如"轻舟缓行"，杖经体侧向上划圆弧，起吸，至头侧上方，不可着急做下一个动作，而要等待、体会气息的微微上升，直到上升到最上方，才接下一动的旋腕握杖，不要着急用力下划，而是伴随沉降、呼气，气息降落，手、杖亦随气息而下，整个过程都是顺势而下，如"落叶归根"。功法的韵味都暗含在静定转换的过程中，即起、承、转、合过程中瞬间的静、定、停，而气在学练者体内畅通无阻、节律有序地流动、运转，所表现出的精神面貌，如淡定、从容、静雅，以及身体状态所蕴含的活力盎然的特征，使得气韵生生不息，精神境界也得以熏陶和提升。长期有节律地由内而外，又由外到内地习练功法，生动的气韵逐渐内化于习练者的呼吸吐纳、屈伸俯仰，甚至言谈举止之中，给人一种特有的气质和素养的感觉。

仿生象形，气韵生动，要重视发挥想象力，使人在境中，即习练功法时，意想"艄公摇橹、船夫背纤、神针定海、金龙绞尾、探海寻宝"之象，融身心于意境中，将意境与象形相结合。通过仿生动作，由意境之"虚像（无）"变为身临其境之"实境（有）"，在有节奏地屈伸、动静、虚实的运动变换中，气韵与神韵相伴相承，实现人在境中，人景交融。随着练功技术纯熟、技能提高，意境中的"有"，实则是"无"，而意境之"无"有，激发出体验之实"有"，即有无的相互转化。这种有无相生、物化之境，可以使学练者抛弃各种功利因素，专注于如探海寻宝、轻舟缓行等动作运动，达到修身养性的健身功效。

第三节　功理要旨

健身气功·太极养生杖内秉太极阴阳之精神，外承导引吐纳之方法，以身械合一体悟"功象"之义理。整套功法以杖为手段，由身心合一而人杖不二，由人杖不二而天人一如，蕴含着丰富的功理要旨。

一、太极为宗，杖通阴阳

太极思想是中国传统学问的理论根基，是中国先哲探索天地发现的大道，构建起了中国人休养、生息的文化思想，也是指导太极养生杖的要旨。太极，阐述了宇宙从无极而太极，万物化生的过程，是天地阴阳未分之前，元气混而为一的状态，也叫作混沌状态。《周易·系辞》曰："是故易有太极，是生两仪。"两仪者，阴阳也。混沌之元气动而分阴阳，阴阳之气氤氲交合而成天地万物。太极养生杖是太极思想的一种物化、具象。习练之初，人、杖各一太极，人与杖和谐统一后，二者交融为一。正所谓"人人各一太极，物物有一太极"。人杖合一的状态进而又与天地这一大太极相融。运杖时，一开一合，一伸一屈，一动一静，像是宇宙中大圆引小圆、小圆化大圆的星空运动。如"预备势"的"并步站立"，上顶天，下踏地，中间立人，人与天地构成三才，人融于天地之大太极之中；"左脚开步"，太极动而阴阳分，阴阳动则四肢百骸、心神气血生生不息，人之生命在行杖导引中开始环环相扣的太极运动，又在每个定势的瞬间，物我两忘，彰显太极与无极的相影相随。习练者通过行杖操练，逐渐让自己的生命与大化相合、与天地同频。

杖通阴阳，是指整套功法八式动作都是依据阴阳思想而设计的，并按照人体的形态结构，每一式都指向调和人之阴阳，以达到生命的中和状态。从天地万物而言，阳为刚健、为运动，阴为顺柔、为静养；阳为上升、为张开，阴为下降、为闭合；阳为乾、为健，阴为坤、为顺。无极而太极，太极生两仪，两仪即一阴一阳，两仪生四象，即太阳、阳明、少阴、太阴，四象生八卦。乾、坤、震、巽、坎、离、艮、兑八卦，即天、地、雷、风、水、火、山、泽，在方位上被划分为东、西、南、北、东北、西南、东南、西北八个方位。从乾卦转至坤卦，潜阴于阳，阳中有阴；从坤卦变化至乾卦，孕阳于阴，阴中有阳，这是一个周而复始、生生不息的过程。太极养生杖功法动作中，向上、向外的升式为升阳，向下、向内的降式为潜阴，既有上也有下的动作则为阴中有阳、阳中寓阴。如"艄公摇橹"式，两腿、两臂、两腕的屈为阴、伸为阳；屈膝下蹲的同时，两手卷杖、上提，则为阴中有阳；弓步前移，向前摇杖时，脊背暗含后撑之意，向下摇转时，沉肩、送臂，同时保持百会上领、立腰，体现阳中有阴。功法的呼吸吐纳中，吸气为阴，吐气为阳；浊气为阴，清气为阳。"风摆荷叶"式，两手握杖向左、右引导身体成侧屈，动作中伴随着起吸、落呼，开吸、合呼，侧屈至最远处时，静定，进入一个不呼不吸的状态，最后，则将一点气息松出体外，吐气为阳，排出浊气，为阴阳氤氲，向上举杖，自然吸气，吸气为阴。这可称作太极养生杖的显性的"调息"。功法的心神运用中，目视为阳，内敛为阴；以意引气为阳，以气运身为阴；意守为阳，静养为阴。"金龙绞尾"式，目视杖的方向、目视体前方、目视杖端，是神出为阳；杖行过程目随杖走，以及滑杖时目光内敛，是神入为阴。眼神直接对应人的心神，所以眼法的运用也是心法的运用。

二、调畅气血，长筋壮骨

血脉的充盈与畅通是生命存在、身体健康的保证，调理、畅通经络和脏腑的气血也是太极养生杖的一个重要功理指向。《黄帝内经·素问》曰："人之所有者，血与气耳。"传统养生文化还认为，气为阳，血为阴；气为血之帅，血为气之母；气弱则血停，血亏则气消。精气贵乎流通，而精气之流通则赖于身体的运动。《吕氏春秋·尽数》曰："形不动则精不流，精不流则气郁。"传统导引之术基本上都是通过肢体的升降、开合、进退、俯仰等运动，促进气血的流通。太极养生杖功法，除了这些运动形式外，还发挥了杖械的作用，使得肢体动作的导引幅度更大、更长、更到位，同时运用杖按摩身体的重要穴位和经络，经络所过，脏腑所属，主治所及。杖，作为肢体的延伸，以杖为支点，行杖按摩，可以加大杖与身体的接触面积，加深对循行于躯干、四肢的筋经、腧穴等重点部位的刺激。如"船夫背纤"式，在杖的圆转过程中，摩运肋胁、按压肩井与导引腰脊拧转融为一体，起到同时运用导引、按摩两种形式达到调畅气血的目的。

太极养生杖功法，以杖引导，在八个方位进行大幅度圆转的动作，以导引形体，并在身体运动至远、至深、至大时，静止片刻，使人体的筋膜、骨骼及周身关节呈现多方位、大角度的活动，其要旨在长筋

健身气功·太极养生杖

壮骨，牵拉筋膜，增强柔韧，强壮骨骼。俗话讲："筋长一寸，命长十年。"人之筋骨至关重要，人无骨不立，无筋难行。骨弱筋靡，则命柔弱；骨健筋韧，则命旺盛。筋，从运动解剖学角度讲，属于肌腱部分，是跨越、附着在各骨关节上的韧带；在传统医学上，它是人的"五体"（筋、脉、皮、肉、骨）之一，遍布全身。《说文解字》曰："筋，肉之力也。"筋是收束肌肉骨骼的一个大的系统，是聚集全身力量的地方。长筋，就是通过导引把筋拉长，提高人之柔韧。筋长则人的形体伸缩自如，动作灵巧，体态挺拔，身体赋有弹性和力量。一般而言，大幅度、长时间的导引动作有利于筋的拉长，而多角度、短时间的导引屈伸更加有利于全身更多小关节筋的柔韧。长筋，在功法动作中，既有多角度的圆转肢体的舒伸运动，又在缓慢运动中包含着"静"与"止"的筋骨抻拉。如"风摆荷叶"式，主要针对腰部、两胁经脉与筋的柔韧，而"探海寻宝"则更加有利于两腿后、腹背腰的筋与经脉的抻拉。骨，是人直立行走的支撑，是脏器的保护伞，支撑人屹立不倒，具有超强的韧度和硬度。人体骨骼架构上最核心的中坚支柱就是脊柱，其中的脊髓则直接向上连接脑髓，向下通过椎间孔神经丛连接脏腑。壮骨，主要指通过导引运动增强骨骼、关节、骨髓的活力。太极养生杖通过肢体的圆转、腰部拧转与杖的按摩等运动，以以外练内的方法，锻炼、增强了骨骼、关节的活力，起到了长筋壮骨的作用。太极养生杖基本上每一式动作都对腰部进行了特殊的设计，其核心都是围绕腰肾部位展开健身养生活动。《素问·阴阳应象大论》曰："肾生骨、髓。"以腰为轴枢，借助运杖大开大合、深度拧转的特点，杖行身随，呈现大圆带小圆的多种圆转和屈伸活动，并结合呼吸吐纳，达到强腰固肾的作用。其实质即通过内外结合的方法，实现强骨必壮内的壮骨效果。此外，在太极养生杖肢体导引过程中，上步、退步、坐步时，脚踝的勾绷、屈伸，以及配合转腰、两腿屈伸等步法变换，有益于持续地刺激足底涌泉穴，也对循行于此处的肾经加以刺激，具有固腰强肾之作用。

三、疏调解郁，颐养性情

太极养生杖功法，用"杖"作为动作的延伸，导引吐纳，疏调解郁，内含"后天"养"先天"的深刻功理。人的生命，因得父母之精气、秉天地之元气得以开始；生命形成以后，依靠脾胃对水谷的运化得以滋养生长。正因如此，古人把脾胃称为"后天之本"。脾胃出现问题，直接影响身体发育与长养，甚至心智、情绪。以手运杖，环握、夹持，以及滑杖、卷旋，手指、手腕的一屈一伸、一张一弛，有益于加强刺激手掌、手腕部的穴位。握杖、运杖时，拇指和食指是一对亲密的合作伙伴，特别是拇指、食指的手太阴肺经、手阳明大肠经，两个经脉有相表里的关系。二指的松紧、开合、旋拧等直接关联着两条经脉的运动。习练者在练功之后，常会出现肠鸣、二便通畅的现象，概与此相关。另外，以杖导引，还需身械和谐统一，在上肢行杖导引时，配合两腿的进退、开合、屈伸，脚踝的勾绷、屈伸等有节律地运动变换，充分疏调足太阴脾经、足阳明胃经两条经络，同时具有相当的运动量刺激，也锻炼了下肢的支持力量和平衡稳定性。再有，弓步、坐步、站立的步型转换，以及运动方向变化时脚下的内扣、外展和碾转等步法，使脚的内、外两侧得到比较大的刺激，脚大趾、二趾正是脾胃二经的井穴，既刺激锻炼了脾胃两经的穴位，也使大腿、小腿筋经得到充分的锻炼。俗话讲"人老先在腿上老"，人老还体现在肠胃蠕动、代谢功能下降。太极养生杖，促进脾胃功能的调理、运化，也会对情志有积极的影响。因为人的脾胃疏调失节，造成脾胃之气不能"清升浊降"，脾胃功能失调也常常伴随着肝气郁结，从而导致情志忧思郁积。太极养生杖除了加强脾胃两经的穴位刺激，功法中还重点按压刺激胆经上的肩井穴和处于小腿后方膀胱经上的承山穴。肝经与胆经相表里，膀胱经与肾经相表里，而有韵律地按压经络上的相关穴位，旨在疏泄、排毒、利水，进而促进疏肝利胆、疏泄解郁。

颐养性情，指通过习练太极养生杖，引导习练者感受、融于功法带给人的心境、意境，欣赏功法中的优美境界所带来的心理上的放松、愉悦和审美之情。人有七情六欲，生活中有万千琐事，人脑中每天闪过几万个念头，能始终保持一颗平静的内心、愉悦的心情，就是修身养性，也是习练健身气功的一个追求目标。《素问·上古天真论》曰："恬淡虚无，真气从之，精神内守，病安从来。"是说人若能保持安静、愉快的心境，心神不向外肆意奔驰，滋养生命的真气会自然升起，守护、支持生命活动，人体也就不会生病。太极养生杖功法在调形、调神、调气的基础上，加上与杖的合一，可谓杖、形、神、气的"四调合一"，四调之中，以调心为内核，调心又以宁神为要。太极养生杖仿生象形的运动特点，有利于习练者放下生活中的琐事，将注意力专注于杖上，使身心融于动作的意境中，尽情享受用自己的杖、形、神、气所描绘的那幅优美的画卷。

太极养生杖八式动作，对应八幅自然场景，其动作路线遍布八个方位，东、西、南、北，以及东南、东北、西南、西北（取象八卦），调畅性情于八方之中。如"轻舟缓行"式，学练者取其意化作一叶轻舟，荡漾在平静的湖泊上缓慢徐行，怡然自得，从容划桨，将身心融于宽阔、优美的自然环境，激发出人不被纷乱世俗困扰，超凡脱俗、清雅飘逸的神韵，体现了恬淡虚无的静态之妙，也描绘出象形姿态的气韵与动态之美。由此，引导出习练者心灵深处的喜乐，不经意间浸润于其脸上，散发于杖、形、神、气之中，使人忘我入境、物我相融。太极养生杖功法，其飘逸的运杖动作，舒缓、虚实变化的步法，让习练者在"舞蹈"一般的导引动作中畅达情志。《毛诗序》中写道："情动于中而形于言，言之不足，故嗟叹之；嗟叹之不足，故咏歌之；咏歌之不足，不知手之舞之足之蹈之也。"太极养生杖的八式动作，好似一支手舞足蹈的"舞蹈"，让习练者在不知不觉中涵养自己的性情。

第四节　健身效果

健康是人类永恒的追求。世界卫生组织提出："健康不仅是没有疾病，而且包括躯体健康、心理健康、社会适应的完好状态。"为了健康长寿，古今中外的先民创造了丰富多彩的健身方法和手段，健身气功就是具有中国特色的一类健身运动项目。太极养生杖作为国家体育总局推广普及的器械类健身气功功法，自编创推广以来，伴随着境内外科研工作者对其效果的科学研究，以及全世界众多习练者的身心实践反馈，为全面认识其健身养生效果打开了一扇科学之门。

一、提高健康体适能

"体适能"（Physical Fitness）一词，由美国疾病预防与控制中心

（CDC）提出，它是人们通过执行身体活动的相关能力所具有或者获得的一系列属性特征，是国际上健身的主要指标之一。体适能，分为运动体适能（也称为技术体适能）和健康体适能。运动体适能包括速度、反应、爆发力、灵敏性、协调性等身体素质，健康体适能包括心肺耐力、身体成分、肌肉力量、柔韧性等。

太极养生杖功法是一项有氧运动。整套功法演练时间为16分钟，其运动强度对于不同年龄阶段人群略有差异。青年人习练太极养生杖时，男生平均心率约100次/分，女生平均心率约110次/分，分别占最大心率的50%左右，运动强度基本为最大心率的40%～60%。中老年人习练太极养生杖时，心率一般达到105次/分钟左右，占最大心率的近60%，运动心率在100～120次/分钟属于中老年最佳运动心率范围。有氧运动是一种个体在氧气得到充分供应状态下进行的运动，以糖和脂肪的有氧代谢为主要供能形式，是有节奏的较长时间的运动。长期坚持有氧运动锻炼，对人的健康有很多益处。有人对大学生有氧运动、正向情绪以及睡眠三个因素之间关系的研究发现，有氧运动对于正向情绪、睡眠质量具有显著促进作用。学练太极养生杖功法，既能促进身体素质的发展，又能在优美的练功背景音乐和动作意境下获得身心愉快的练功体验，提高习练者对生活质量的感受度。

太极养生杖，练形以调身，增强并发展身体素质；以调身实现调息、练气，吐故纳新，提升人体健康水平。演练时两手持杖，要求身械高度协调，在屈伸、转动、旋拧、开合等运动过程中，杖的运行轨迹与引导意境体现了有形与无形的结合，达到练形、调息、调心的作用。研究发现，经过3次/周，1小时/次的习练，3个月后，对太极养生杖习练者的绕肩、全身柔韧性，以及平衡能力、背肌力都有良好促进作用。在现实的教功、练功实践中，习练者普遍反映，随着学练太极养生杖功法时间的增多，身械协调性得到明显提高，对促进动作的协调性、灵活性发展极其有益。

坚持本功法的锻炼，还利于塑造良好的身形姿态。习练太极养生杖功法，两手持杖，相牵相系，约束、规范了人肢体运动的空间位置，使习练者容易发现肢体动作是否对称、平衡、到位等，例如，运动中经常会有两臂的伸展、上举动作一高一低，体侧屈时一侧幅度大、一侧幅度小等情况，这些细微的差异性，若在徒手运动情况下，通过感觉比较难以发现和纠正，而太极养生杖功法，每一动作都是左右重复、对称平衡的。杖的空间运动轨迹与肢体形成了一定的相对位置关系，成为规范人们手臂、肩、腰的左右动作幅度、方位以及对称性与否的标尺，由此可以更加精准地调整、锻炼肢体动作应达到的空间位置，例如高度、曲度、幅度和对称平衡性，因而有利于锻炼塑造人对称、平衡、中正的身体形态。

3个月太极养生杖的跟踪测试表明，中老年男性习练者的心肺功能得到积极改善。心肺功能是健康体适能中的重要指标。随着本功法学练时间增多，掌握的动作技术熟练性和水平提高，习练者的身心松静程度将进一步加强，身械运动更流畅协调，呼吸深度由浅入深，逐渐进入匀、细、深、长的腹式呼吸状态，增加了膈肌升降幅度，利于肺活量的提高。

二、改善心血管机能

心血管是人体生命活动中最重要的保障，人体各组织器官都需要通过心血管系统来供给营养物质和排出代谢产物。但随着年龄的增长，人体大血管的弹性减退并出现粥样硬化，增加了血流的外周阻力，增大了心脏的负担，使心肌的耗氧量增加，而脑动脉硬化严重者会导致脑血栓、脑梗塞，甚至脑出血。平均收缩压、平均舒张压和平均动脉压是反映心脏动脉状态的重要指标。平均收缩压是收缩期动脉的平均压力，反映心脏后负荷。平均舒张压指舒张期动脉射血前的压力之和，它反映冠状动脉灌注期压力和毛细血管血流的均匀度。平均动脉压是反映血管功能的有效指标，它是指整个心动周期内各瞬间动脉血压的总平均值，能确切地表示心射血时所提供的推动血液流动的压力。一般来说，体育锻炼即刻收缩压和舒张压升高是生理机能的良好反应，一定时间恢复后，血压下降，从而通过运动提高了血管弹性，使血管缓冲血压变化的能力增强，这对于中老年人来说尤为重要。健身气功·太极养生杖锻炼后的即刻测试表明，受试者的收缩压及平均动脉压均呈现一定程度的升高，说明太极养生杖锻炼对习练者心血管机能改善有良好刺激。

测试太极养生杖锻炼前后的血压变化显示，青年习练者比中老年习练者的幅度大，且练功前后收缩压和舒张压的变化比较，均有显著性差异。第一个原因可能是青年人机体应激反应强，加强了心血管系统的做功，致使血量增多、循环系统的压力增大；第二个原因可能是健身气功·太极养生杖的动作舒缓、幅度较大，增加了肌肉静力性用力，刺激了心脏增加射血做功，使循环系统内压力发生波动和幅度变化；第三个原因可能是青年组练功时身体运动的柔缓、放松不够，刺激了心脏射血做功，运动中心室舒张期血管内血流速度有所增加，使得血压上升。由此可见，对于青年人来说，虽然太极养生杖运动时心率值及波动的幅度不大，属于轻松有氧运动的强度，但仍可对提高青年人的心血管系统机能有一定锻炼刺激作用。对于中老年人来说，太极养生杖锻炼是介于轻松运动与稍费力之间的有氧运动，其运动前后血压变化幅度不大，不仅不会给他们的心血管系统造成大的负荷，而且会带来积极的影响。

总外周阻力（TPR）是反映心脏后负荷较重要的指标。外周阻力是指血流通过体循环系统所遇到的阻抗的总和，即医学上所谓的总外周"阻力"，包括射血阻抗、动脉特性阻抗、脉终端阻抗、毛细血管及静脉阻抗等。外周阻力的高低对于心脏负荷、动脉血压和微循环灌注有重要的影响，是形成和影响动脉血压的重要因素。产生外周阻力的原因是由于血液流动时血液与血管壁之间以及血液内部所发生的的摩擦。研究显示，一次即刻的健身气功·太极养生杖整套演练，受试者的外周阻力均有所下降，特别是青年女性还呈现出明显的下降趋势，说明健身气功·太极养生杖锻炼对调节外周血管阻抗具有积极的作用。

三、增进心理健康

心理健康，是指人们在适应环境过程中的心理过程与行为模式处于一种良好或正常的状态。现代身心医学认为，健康的心理包括适度的情绪表达和控制，善于休息，对环境适应能力良好，处世乐观，能保持良好的人际关系等诸多方面。以往的研究表明，健身气功有助于缓解压力、调节心境、平和情绪。人际关系是人们在生产或生活活动过程中所建立的一种社会关系，属于社会学的范畴。人际关系的好坏与否对每个人的情绪、生活、工作都有很大的影响，甚至对组织气氛、组织沟通、组织运作、组织效率及个人与组织之间的关系均有极大的影响。良好的人际交往能力有利于生活许多方面的适应，而缺乏人际交往能力无形中会对生活造成诸多的障碍。建造良好的人际环境，对于个人的幸福生活非常重要。运用人际关系自我评定量表，对清华大学285名大学生的调查显示，持续3个月学练太极养生杖后的人际关系已有积极的改善。面对相同的期末学业考试压力，与学期开始时相比，经过3个月太极养生杖锻炼的清华大学生并未出现显著性提升，而不参加锻炼的大学生则有显著性增加，说明坚持学练太极养生杖对减轻习练者的心理压力具有良好作用。

主观幸福感是反映某一社会中个体生活质量的重要心理学参数。此外，还有一些社会心理学概念与生活质量有间接关系，例如自尊、抑郁、心理控制源和情感疏远等，但唯有生活满意度最终表明了个体生活质量的底线。生活满意度指数A量表是从认知和情感感受方面评估受试者的生活满意度，生活满意度指数B量表是对生活质量的整体评价，即个体依照自己选择的标准对自己大部分时间或持续一定时间的生活状况的总体性认知评估。研究显示，经过3个月的健身气功·太极养生杖锻炼，练功组的生活满意度A有了显著性变化，但生活满意度B尚未出现显著性改善。这一变化趋势说明3个月的健身气功·太极养生杖锻炼，已可显著改善大学生的认知和情感感受。分析原因，可能是健身气功·太极养生杖锻炼侧重于人的内心的修炼和提高，所以较短时间的锻炼就能使受试者感到轻松愉悦，乐观积极地看待生活，但若想整体地提高人的生活质量，还需要持久地练功。此外，运用心理健康问卷调查发现，3个月的太极养生杖锻炼后，受试者的神经紧张、情绪低落等不良心理状态减轻，而快乐、平静、积极的心理状态增多。

四、提高社会适应性

社会适应性主要指人与社会的关系，它包括人与人之间的沟通、人对社会的适应等多方面的内容，是个体在不断变化的社会环境中，通过与社会环境的互动，以及对自我的调节与控制，寻求自我与社会环境的平衡及自我发展的行为能力。人类在社会生活中，每时每刻都会受到社会环境的影响，特别是当今网络信息时代下，生活节奏加快，知识更新速度加快，中国人对社会适应能力提高的需求更加迫切，"良好的社会适应性"已成为三大健康要素（生理健康、心理健康、社会适应健康）之一。良好的社会适应性，主要表现在以下两个方面：其一，具备建立良好的人际关系的适应能力；其二，具有能处理和应付家庭、学校和社会生活的能力。

学练太极养生杖可丰富、娱乐人们的文化生活，改善和促进人际关系。团队功友之间的交流、学习与帮助能拉近彼此之间的关系。如参与太极养生杖集体表演、交流比赛时，可能会遇到各种协作、协调问题，也会产生一些矛盾。在处理问题过程中，功友之间不断学会分析问题，抓主要矛盾，抓大放小，求同存异。同时，还要不断学习，提高良好的语言表达能力，有时还需要有一定的自我牺牲精神或奉献精神。促进学会有效沟通，在团队中实现自我价值。学练者在集体组织活动中，既要有自由、自主权，又要有团队思想。处理好个人与团队组织管理"秩序"的相互关系，享受集体运动乐趣，并在群体互动中磨合个性、发挥自我价值。这种人际关系实践，可以促进习练者不断调整自我，控制个人情绪，向他人学习，汲取有效经验，锻炼出良好的社会适应能力。学练太极养生杖功法，还能磨练、提高管控情绪能力，提高人的耐心和耐性。学练太极养生杖动作技术，相比较徒手功法要复杂和难一点，需要耐心地、循序渐进地一步步学练，才能更好地掌握功法特点和技术要领。因此，无论跟着他人学练，还是帮助、辅导功友提高等，都需要耐心和控制好情绪，保持平静、开心地教功或学功。太极养生杖功法，因"杖"的"外导内引"，更有利于"静以知身，允中致和"，因和而产生美，使学练者感到心情愉悦。"安心凝神，外敬内静"，让习练者在功法中学会积极乐观地看待生活和社会。

在从事太极养生杖锻炼的人群中，一是以强身健体，达到预防或促进常见慢性疾病康复为目的；二是以加强社会交往、人际交流，丰富业余文化生活，提高生活质量为目的。练功集体中学员之间建立起的互帮互爱的健身氛围，能使习练者产生一种社会团体归属感。此外，通过太极养生杖功法实践体验，以及"阴阳和谐""天人合一""道法自然"等养生基础理论学习，习练者由自身练功体验之身心和谐，进而影响改善家庭关系、集体观念和社会责任感，使学练者积极地融入社会、适应社会，做一名有价值意义的社会人。

五、防治慢性疾病

随着人口老龄化加剧、工作竞争力增大，久坐、久立缺乏运动的情况增多，心血管、脂肪肝、糖尿病、肿瘤等慢性非传染性疾病的患病率在急速上升，已成为世界性的公共卫生问题之一。据不完全统计，全球范围内慢性病死亡人数已占所有死亡人数的60%以上，这个比例还在逐年增长。慢性病严重影响人们的健康和生活质量，给社会和家庭造成沉重的负担。大量的科学测试和群众实践显示，坚持健身气功·太极养生杖锻炼，对常见慢性疾病有较好的防治作用。

太极养生杖对2型糖尿病合并高血压患者生存质量影响的研究发现，经过3个月的锻炼，受试者的空腹血糖水平与试验研究前相比明显下降，反应血糖控制情况的重要指标——糖化血红蛋白指标也明显降低。此外，还可降低2型糖尿病合并高血压患者肥胖等危险因素，有助于控制血糖，改善2型糖尿病合并高血压患者的血压水平，降低空腹血糖浓度，可以作为辅助治疗2型糖尿病合并高血压患者的重要手段，同时也有效改善2型糖尿病合并高血压患者的生理健康，显著地提高患者的生存质量，促进躯体健康水平。说明长期有规律的太极养生杖锻炼，有助于神经系统稳定性增加，儿茶酚胺分泌在一定程度上减少，有利于合成肌糖原，加快葡萄糖的转换，减少胰岛素分泌和减轻胰岛素抵抗，从而促使血糖浓度降低。

太极养生杖注重摩运、按压穴位的行杖特点，身械协调地圆转、旋拧、抻拉四肢百骸的运动方式，对于锻炼和改善心脏、血管、淋巴等系统循环，均能起到很好的促进作用，利于慢性病患者在自我调节、自我修复、自我治疗中逐渐恢复到健康水平。调研显示，经过6个月的太极养生杖功法习练，北京石景山社区很多慢性病患习练者出现了明显的康复效果。一是使人体周身肌肉，即大小肌群参与运动的数量和深入程度更加广泛，提高了动作协调性；二是对于肢端末梢微循环有利好影响，手脚冰冷现象得到明显改善；三是有益于高血压习练者降低血压，而低血压习练者有提高趋势，均向着血压的正常区间回归；四是提高了肩部运动幅度，对肩颈慢性病康复作用明显；五是对于腰部有很明显的锻炼效果，如缓解腰部不适感、提高了腰部运动幅度等；六是利于人体"二便"的通利效果。

第二章

健身气功·太极养生杖

功法功理

作为一套器械类健身气功功法，太极养生杖对习练者手、眼、身、械的协调配合，提出了更高的要求。与此同时，器械选择合适与否，也影响着练功效果。因此，学练太极养生杖，需先了解器械材质、规格的作用、意义，学习太极养生杖的基本手型、步型、桩功，学练器械基本方法，进而掌握肢体动作、意念、呼吸等功法技术，方能系统地掌握整套功法技术。

第一节　功法基础

功法基础，是太极养生杖入门必备的基本知识、基本功和学练器械的基础练习。主要包括器械材质、规格要求和基本手型、步型、手法、步法、桩功，以及器械基础练习等。

一、器械与礼节

太极养生杖器械，其材质可选用白蜡杆、松木、竹子、藤木等多种，要求粗细均匀、表面光洁，其上可雕刻吉祥图案及养生文字等（图2-1、图2-2）。杖的适宜长度，一般为105～125厘米，或手握杖的十二至十三把比较合适；杖的粗细，直径2.3～2.8厘米，以手握杖时掌心虚空为度。身体柔韧性、关节灵活性欠佳，特别是肩关节活动幅度受限的习练者，选用的杖可比常规尺度略长一些。倘若选取的器械外观赏心悦目、手感舒服、长度适宜，对提升学练兴趣和健身效果具有良好的助益作用。

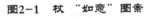

图2-1 杖 "如意" 图案

图2-2 杖配 "凤" 的图案

目前，中国健身气功协会研制推出的太极养生杖器械（图2-3、图2-4），由三节组装而成，杖上雕刻有中国健身气功协会会徽和龙、凤三个图案。龙，寓意为天、为阳、为上、为左等；凤，寓意为地、为阴、为下、为右等；中间一节雕刻的会徽，寓意为人；器械的三节，分别对应天、地、人，相接而成，意在表达天地人三才合一的文化内涵。

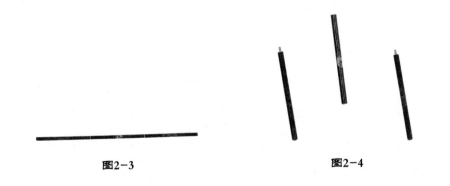

图2-3

图2-4

中国是一个推崇"礼仪"的国家。《说文解字》曰："礼，履也。所以事神致福也，从示从豊。"礼，就像走路时鞋子（履）可以保护脚一样，在人行动时可以保护人的身心。古代的礼仪，是为更好地完成人与人、人与神的交往而制定的行为规则，在仪容、仪表、仪态、仪式、言谈举止等方面，体现出尊重之心、仪态之重，后来演化出冠、昏、丧、射等礼仪习俗。在持杖习练太极养生杖功法时，如何拿放、递接杖，也是习练者以礼治心、涵养道德、修身养性的过程。正意而诚心，诚心而身修。学练太极养生杖功法，从敬人、敬师、爱护手中器械开始，端正练功心态，虚其心，去私欲，利于促进习练者掌握功法的质量，利于和谐人际关系，更好地发挥功法锻炼的成效。

（一）持拿方式

当倾听老师讲解或功友之间进行交流时，注视对方，身体端正，两腿自然站立，两臂垂于体两侧，左手夹持杖（图2-5），或杖贴于左手臂后，或两手自然相叠置于体前，切勿用杖杵或拄在地面上玩耍。

图2-5

（二）递接方式

1. 同学间递接

身体端正，自然站立，左手握杖或夹持杖的中间部位，伸臂向前，杖自然垂直向下；接杖者伸手握杖的上半部分，进行交接；目光平视对方（图2-6、图2-7）。

图2-6

图2-7

2. 师生或长幼间递接

学生或晚辈自然站立，双手托杖或握杖，杖呈水平位置，上体稍前倾，伸臂向前递杖；老师或长辈自然站立，注视着对方，单手或两手向前伸出接握杖的中间部位（图2-8、图2-9）。

图2-8

图2-9

（三）行礼方式

并步自然站立，左手持杖，两臂自然垂放于体侧。随即，两臂向腹前合抱，屈肘，右手掌心贴于小腹处，左手持杖叠贴于右手背上，身体向前鞠躬（30°～45°）；目视前下方；稍停、起身（图2-10、图2-11）。

图2-10

图2-11

（四）放置方式

学练功法间歇中，可立杖或平躺放置太极养生杖器械。立杖放置，既可将杖斜靠在一个稳固的架子或墙体上（图2-12），也可平放在一个干净的台面上。

图2-12

二、手型

（一）持杖

食指伸直贴于杖上，其余四指自然弯曲握杖（图2-13）。

图2-13

（二）环握

握杖时掌心虚空，拇指
自然压于食指第一指节，呈
环握状（图2-14）。

图2-14

（三）夹持

手掌自然舒展，用虎口夹杖（图2-15、图2-16）。

图2-15   图2-16

（四）托杖

手掌自然舒展，将杖托于掌心上（图2-17）。

图2-17

三、步型

（一）并步

两脚并拢，身体直立；两臂垂于体侧；头正颈直，目视前方（图2-18）。

图2-18

（二）开步

两脚平行站立，两脚间距与肩同宽，两脚尖朝前；头正颈直，目视前方（图2-19）。

图2-19

（三）弓步

两腿前后分开一大步，横向之间保持一定宽度；前腿屈膝前弓，大腿斜向地面，膝与脚尖上下相对，脚尖向前；后腿自然伸直，脚跟蹬地，脚尖稍内扣，全脚掌着地（图2-20）。

图2-20

（四）虚步

两脚左右间距约10厘米；一腿向前迈出，膝微屈，脚跟着地、脚尖上翘或全脚前掌着地；后腿屈膝，坐胯下蹲，全脚掌着地，脚尖略斜向前方，脚跟与尾闾上下对应，身体重心落于后腿；目视前方（图2-21、图2-22）。

图2-21

图2-22

（五）高歇步

两腿交叉靠拢下蹲；前脚全脚掌着地，脚尖外展；后脚脚前掌着地，后腿的膝关节抵压前腿的承山穴（图2-23）。

图2-23

（六）低歇步

两腿交叉靠拢全蹲；前脚全脚掌着地，脚尖外展；后脚脚前掌着地，后腿的膝部靠于前小腿外侧，臀部坐在后脚脚跟处（图2-24）。

图2-24

四、杖法

（一）卷杖

两手环握持杖，手腕向内
卷屈（图2-25）。

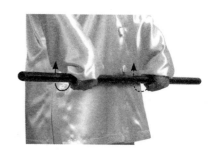

图2-25

（二）旋杖

两手环握持杖；一手手臂外旋至手心向上，仍保持环握；另一手自
然配合杖在手中转动（图2-26-1、图2-26-2）。

图2-26-1

图2-26-2

（三）卷旋杖

两手手心向上，虎口夹杖；上手屈腕，由小指开始依次握杖、内旋手腕，两手变环握杖；同时杖上下转动大于90°（图2-27-1～图2-27-4）。

图2-27-1

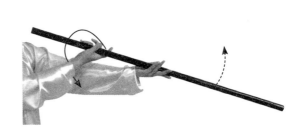

图2-27-2

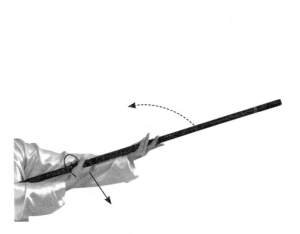

图2-27-3

图2-27-4

（四）滑杖

一手环握杖固定，另一手沿杖滑动（图2-28、图2-29）；或两手依次向下沿杖滑动（图2-30-1、图2-30-2）。

图2-28   图2-29

图2-30-1

图2-30-2

（五）绞杖

一手环握杖，另一手手心向上托于杖端，由外向上、向内、向下划圆，变成手心向下（图2-31-1、图2-31-2）。

图2-31-1   图2-31-2

（六）摩运杖

两手环握杖，杖贴体表缓慢按摩运行。

五、呼吸

《抱朴子》曰：明吐纳之道者，则为行气，足以延寿矣。从生理学角度来看，呼吸是指机体与外界环境之间气体交换的过程，即呼出气体和吸入气体的过程。人的呼吸过程包括三个互相联系的环节：（1）外呼吸，包括肺通气和肺换气。肺吸入氧气，呼出二氧化碳。（2）气体在血液中的运输。（3）内呼吸，指组织细胞与血液间的气体交换。古人说"一呼一吸谓之息"，所谓息，不仅是指呼与吸的过程，而且指一呼一吸之间的停顿。调息就是指主动地、自觉地调整和控制呼吸的次数、深度等，并使之符合练功的要求和目的。学练太极养生杖，要求以杖导引，将身、械、息、心融为一体，调整呼吸是其中重要的一个因素。根据习练太极养生杖的需要，常用的呼吸方法有以下几种。

（一）自然呼吸

自然呼吸，指不改变自己正常的呼吸方式，不加意念支配，顺其自然的呼吸。自然呼吸不是专指某一种具体的呼吸形式，而是泛指所有在没有任何人为因素干扰下的自在性呼吸。对初学者来说，应多采用自然呼吸的方法，以达到不调而自调的作用，呼吸也会逐渐随着练功深入而变得深、细、匀、长起来；如练功伊始就过分注意对呼吸的各种要求，执意刻意调整，反而容易产生不应有的紧张，以致出现呼吸不畅的情况，影响习练效果。

（二）腹式呼吸

练功中通过横膈肌的运动来完成的呼吸为腹式呼吸。腹式呼吸又分为顺腹式呼吸和逆腹式呼吸两种。

顺腹式呼吸在生理学上也称为等容呼吸。吸气时，腹肌放松，横膈

第二章　健身气功·太极养生杖功法功理

53

肌随之下降，小腹逐渐隆起；呼气时，腹肌收缩，小幅回缩或稍内凹，横膈肌也随之上升还原。这种呼吸不仅可以加大肺的换气量，而且对腹腔内脏能起到按摩作用。

逆腹式呼吸在生理学上也称为变容呼吸。吸气时，腹肌收缩，小腹回缩或稍内凹，横膈肌随之收缩下降，使腹腔容积变小；呼气时，腹肌放松，小腹隆起，横膈肌上升还原，使腹腔容积变大。逆腹式呼吸对于内脏器官的影响很大，有类似按摩或运动内脏的作用，尤其对于改善肠胃功能、启动气机有较大的帮助。

（三）停闭呼吸

指在吸、呼气之间或之后停止片刻再呼或吸的方法。一次停闭呼吸一般不宜超过2秒钟。在风摆荷叶、船夫背纤、金龙绞尾、探海寻宝等动作中都有停闭呼吸的运用，其作用主要是加大动作对脏腑、关节、肌肉等的刺激强度。

《素问·平人气象论》曰："人一呼，脉再动；一吸，脉亦再动；呼吸定息，脉五动。"呼吸是人体真气运行的主要动力，真气又是血液运行的动力。强化呼吸的运动，可以促进体内真气的发生、发展和全身血液的运行、输布，起到行气活血的作用。"息调则心定"，通过把意念集中在呼吸上，心无它念而身心放松，自然具有静心止念、心静神宁的效果。"呼出心与肺，吸入肝与肾"，有意识的呼吸锻炼，不仅可以促使人体吸入大自然的清气，呼出体内的浊气，达到吐故纳新、改善呼吸系统功能的作用，而且能够改变腹腔内的压强变化，主动规律性地"按摩"肝、脾、肠、胃等脏腑器官，起到改善生理功能的效果。

由于功法动作的幅度有大小之别，每个习练者的肺活量、呼吸频率存在差异，且练功水平和程度不同，学练时要选择适宜的呼吸方法，切忌生搬硬套、强呼硬吸。本功法对呼吸运用的总体把握是，初学者宜采用自然呼吸，逐步过渡到深长的呼吸。当动作熟练后，再结合动作的升降开合、旋转屈伸，有意识地加强顺或逆腹式呼吸进行练习。功法技术章节中对各式动作与呼吸的配合只做一般规律性提示，如呼吸不顺畅，应及时采用顺其自然的呼吸方法进行调节。

需要强调的是，无论选择哪一种呼吸方法，都必须在松静的基础上进行呼吸调控，尤其要注意腰部的放松，否则气就不易下沉。若强行运用腹式呼吸进行锻炼，极容易出现憋气、胸闷等现象。初学乍练时，更不可强求做到深、长、匀、细的腹式呼吸或刻意延长停闭呼吸的时间，只有经过长期、反复地练习，慢慢将意念和呼吸结合在一起，逐渐做到心安气自调，再把呼吸和入静结合起来，心静之后呼吸自会变得细、匀、深、长起来。

六、意念

运用意念是练习健身气功的核心，也是练好太极养生杖的关键。"练功须用意，无意不为功"。是否主动性运用意念活动，是健身气功与其他健身方法的本质差异。所谓意念，是指人的意识活动，是人脑思维活动形成的一种精神状态。古人总结出形式多样的意念方法，如"存思""守中""守窍""内观"等，但就其核心内容而言，是把意念从发散、外放转为内向性运用，对自己的生命活动进行体察。为充分发挥意念的特殊能动作用，使之符合太极养生杖的练功要求，实现增进身心健康的锻炼效果，常采用以下几种意念方法。

（一）意念身体放松

在保证身形和动作姿势正确的前提下，有意识地放松身体，是练功中最基本的内容。从练功之始，就要精神放松、思想集中、呼吸调匀，同时用意念引导身体四肢百骸、五脏六腑解除各种紧张状态。从上到下、从里到外地进行放松，逐渐进入一种身心通泰、舒适自然、内静外静的练功状态。练功过程中，尽可能保持并使身体放松程度逐步加深，松而不懈、紧而不僵，在有意识地导引放松精神和肢体的条件下，牵动全身气机畅通运行，使放松的健身成果得到巩固，意念也会因此更加集中。

（二）意守身体部位

指把注意力集中到自己身体的某一部位，但常用的意守部位一般是经络上的穴位。这种把注意力集中到某一穴位上的意守方法，不仅有助于排除杂念、收摄心神，而且由于意守穴位的不同，也可以对身体内部气血的运行、脏腑的功能发挥着不同的调节反应，如站桩中的意守丹田等。

（三）意想动作过程

在练功过程中意想动作规格正确、技术方法准确清晰、练功要领合乎要求，既有利于系住念头、集中意念，也有利于形成规范、正确的功法技术，同时还可将意念与形体动作相结合，逐步做到形神相合、形神合一。

（四）意守呼吸

指练功中有意识地体察呼吸的一种意守方法。把意念与呼吸结合，细心体会内在气息的调整，具有促进人体气机的升降、开合作用和强化真气的生发作用。

（五）存想

指在放松入静的条件下，运用自我暗示，设想某种形象，达到集中意念的一种练功方法。存想是以含蓄、间接的暗示方式对人的心理产生影响，再由心理影响生理，达到养生保健的目的。本功法每一式都是一幅优美的画卷。练功过程中，习练者存想自己身临其境，思想意识进入优美的画卷中进行演练，则象形而意中显象、仿生中体现神韵、神韵中蕴含气机变化，从而存境息忘、澄神静虑、无思无营而调心入静。

练功意念的运用，既不能不守，也不能死守，把握适度的火候至关重要。运用意念的方法尽管形式多样，但意守的原则是基本相同的，即似守非守、若有若无、一聚一散、神守一如。本功法意念方法的运用，应根据不同的动作要求、自身的技术水平及练功阶段合理选择。初学者可重点意念动作的过程和规格要领。随着练功的深入，逐渐进入似守非守、绵绵若存的身心境界。功法技术章节中介绍的各式意念活动，只是从总体上作一般提示，学练者应视自身情况灵活运用。

七、站桩

站桩的姿势繁多，但究其概要，不外乎由人体的四肢百骸保持某一站立姿势演化而来。其核心之处在于，各部身形按照练功要求进行调整的同时，运用内向性的意念活动，强化锻炼筋骨、气血、脏腑、大脑等功能。站桩练习，外形看似不动，但静中寓动、虽静犹动。它不仅是功法锻炼的基本功和强身壮体的有效方法，还是打通关窍、提升练功层次的有效方法。学练太极养生杖，需掌握以下几种桩功。

（一）抱元桩

1. 动作说明

两脚开步站立，与肩同宽，脚尖朝前；两臂体前环抱，双手在小腹前夹持杖的中部，左手在上、右手在下，左手小指侧与右手虎口自然相触，两掌心分别对着肚脐、气海，距腹部约30厘米，杖自然垂直向下；两腿屈膝，垂直下坐，膝盖垂线不超过脚尖；目视前下方或垂帘（图2-32）。

图2-32

2. 呼吸方法

（1）初学站桩时，宜采用自然呼吸。

（2）随着练功水平的提高，自然过渡到腹式呼吸。

3. 意念活动

（1）站桩初期以意念端正身型。

（2）意念杖与人体融为一体，抱元守一。

（3）随着练功的深入，意守呼吸或意守丹田。

4. 技术要点

（1）百会虚领，沉肩坠肘，虚腋空胸，松腰实腹，敛臀坐胯，圆裆松膝，两脚平踏，做到尾闾中正神贯顶，形神安舒气调匀。

（2）收视返听，精神内守，气沉丹田，恬淡虚无。

5. 易犯错误与纠正方法

（1）两手虎口夹杖过紧，手指僵硬不放松。注意五指自然舒伸，切勿并紧；两手虎口轻夹杖，以杖不掉落即可。

（2）丢顶低（歪）头，耸肩架肘，塌腰撅臀，夹裆跪膝，上体前倾或后仰。注意应头正颈直，沉肩坠肘，圆裆坐胯，尾闾中正，膝盖垂线不超过脚尖，脚尖朝前，保持立身中正。

（3）杂念纷飞，呼吸短浅，精神紧张。应将注意力集中到练功上，把意念或系于动作规格，或系于丹田等，同时放松胸部，气沉丹田，可以适当进行几次深呼吸练习。

6. 功理与作用

调身、养形、换劲，卸掉全身拙力，使周身中正；可利于调整呼吸，升清降浊，使气息和顺；能调控心意，使意念专一、静笃养神、清虚静定，进而达到形正、息平、意宁与神聚；培养丹田之气，改善脏腑功能，提升身心健康。

（二）夹持桩

1. 动作说明

两脚开步站立，与肩同宽，脚尖朝前，两腿屈膝下蹲，膝盖垂线不超过脚尖；两臂微屈肘，两手夹持杖放于体前，高度与腰同高，与地面平行，两掌掌心相对，两掌间距与肩同宽；目视前下方或目光内敛（图2-33）。

图2-33

2. 呼吸方法

（1）初学站桩时，宜采用自然呼吸。

（2）随着练功水平的提高，自然过渡到腹式呼吸。

3. 意念活动

（1）站桩初期以意念端正身型。

（2）意念两掌合抱一个气球。

（3）随着练功的深入，意守呼吸或意守丹田。

4. 技术要点

参照抱元桩。

5. 易犯错误与纠正方法

（1）耸肩，夹腋，夹持杖两手僵硬。注意放松身心，松肩沉肘、虚腋、空胸；两手虎口夹持力度以维持杖掉不下来即可。

（2）用意过紧或精神不专一。既要集中注意力专心练功，也要注意应似守非守、绵绵若存地运用意念，切忌死守或不守，在不断总结经验中把握适宜的火候。

（3）追求气感。练功中出现热、胀、冷、麻、酸、痛、肌肉跳动等现象，多为练功良性反应，应顺其自然，不去追求、不加关注，慢慢就会消失。当出现身体晃动或头晕恶心、胸憋气闷、心慌气短等不良反应时，应及时停止练功，分析查找原因修正后，再继续练功。

6. 功理与作用

调节身体各部位的姿势，使之符合练功要求；促进气血运行，强壮筋骨皮肉，改善脏腑功能，增强肌肉力量，培补人体元气，稳固练功根基。

（三）虚实桩

1. 动作说明

两脚前后开步站立，两脚前后间距约1～1.5个脚长，左右脚内侧间距约10厘米或半个肩宽，后脚全脚着地，脚尖朝向前或略外展，前脚脚尖上翘，脚跟着地；后腿屈膝、坐胯，前腿自然伸直，身体重心落于后腿，成虚步；上体保持中正，腰向着前出腿一侧方向稍拧转；两手持杖似撑杖，贴垂于前腿一侧，前手在腰胯部，后手臂自然舒伸、垂放；目视前下方（图2-34）。

此桩分左、右式，须前后换脚交替练习。右式与左式动作相同，唯左右相反（图2-35）。

图2-34　　　　　　图2-35

2. 呼吸方法

（1）初学站桩时宜采用自然呼吸。

（2）随着练功水平的提高，自然过渡到腹式呼吸。

3. 意念活动

（1）站桩初期以意念端正身型。

（2）意念站在湖中竹筏之上划水撑杖。

（3）随着练功的深入，意守呼吸或意守丹田。

4. 技术要点

（1）百会虚领，头正颈直，沉肩坠肘，虚腋空胸，竖脊立腰，坐胯敛臀，保持周身中正，形体放松，精神内守，呼吸均匀。

（2）后腿屈膝下蹲，前腿虚撑地面，身体重心前三后七，虚实分明。

（3）沉髋的同时，加大腰部拧转幅度，充分拧转整个脊柱；后腿膝盖与后脚方向一致、膝尖与脚尖上下对应，尾闾与后腿支撑脚脚跟上下相照应。

（4）站桩下蹲幅度和时间因人而异，视体质、健康及练功水平等情况而定。

5. 易犯错误与纠正方法

（1）上体后仰或前俯，向一侧顶髋，身体歪斜。注意保持立身中正，做到立项悬顶，竖脊立腰，坐胯敛臀，尾闾中正，使大椎、尾闾和后腿支撑脚脚跟内侧上下一线对应。

（2）两脚虚实不清，站立不稳。注意根据自身体质、素质情况，调整两脚左右间距，最小间距前后两脚内侧在一条直线上，最宽不超半个肩宽；保持身体正中并将重心坐于后腿支撑腿，使尾闾与后腿支撑腿脚跟内侧上下对应，身体重心前三后七。

（3）腰部拧转过度，夹裆，肢体紧张，后腿跪膝，呼吸短浅。应注意在身心放松、敛臀、圆裆的基础上拧转腰部，以不影响深长匀细的腹式呼吸为宜，注意虚心实腹，意守丹田。

6. 功理与作用

（1）拧转脊柱，运转带脉，强腰补肾，调达肝气，激发全身经络气血运行，调节人体阴阳平衡。

（2）增强下肢肌肉力量，提高脊椎左右对称性与韧性，锻炼人体平衡能力。

八、器械练习

学练太极养生杖，相对徒手练功而言，持杖锻炼对学练者的要求更高。因此，初学太极养生杖，应通过摩运、划圆、旋转、滑动等专门性持杖基本技术练习，尽快熟悉使用器械的习性，掌握功法锻炼的基本杖法，建立人械合一的练功理念，不仅利于提高功法演练的协调性和规范性，而且能为今后提升整体练功水平奠定良好基础，还可取得一定的健身作用。

（一）摩按练习

1. 摩运颈椎

预备势：两脚开步站立，与肩
同宽；两手环握杖两端，将杖置
于肩上（图2-36）。

图2-36

动作一：随两腿屈膝下蹲，两手伸指，用掌滚动杖从大椎沿颈椎向
上至玉枕（图2-37）。

动作二：两腿伸膝站立，抬头，杖从玉枕向下滚动返回大椎位置
（图2-38）。

重复动作一、动作二2遍或若干遍。

图2-37

图2-38

2.摩按两肩

预备势：两脚开步站立，
与肩同宽；杖置于肩上，两手
环握杖两端（图2-39）。

图2-39

动作一：随两腿微屈膝下
蹲，再伸膝站起；杖在肩上向
左侧横向摩运，左臂自然舒
伸，右臂随之屈肘；同时左转
头（图2-40）。

图2-40

动作二：随两腿微屈膝下蹲，再伸膝站起；杖在肩上由左侧向右侧横向摩运，右手臂自然舒伸，左臂随之屈肘；同时右转头（图2-41）。

重复动作一、动作二2遍或若干遍。

图2-41

3. 按压肩井

预备势：两脚开步站立，与肩同宽；杖置于肩上，两手环握于杖两端（图2-42）。

图2-42

动作一：左手握杖向左侧横向摩运，左臂自然舒伸，右臂随之屈肘，同时头左转约90°远看（图2-43）。随即身体向左转约90°；杖沿颈部右侧稍向上摩运，再随两腿微屈膝下蹲，头右转90°向前远看；同时，杖沿颈部向下摩运、按压右肩井穴；目视前方（图2-44）。

图2-43   图2-44

动作二：保持转体位置不变，随两腿伸膝站起，再微屈膝下蹲；杖在颈部右侧上下摩运，按压右肩井穴。重复2遍或若干遍。

动作三：两腿伸膝站起，身体转正；杖在肩上向右侧摩运，复原；目视前方。参见图2-42。

左、右摩运肩部、按压肩井穴及转体交替练习，动作相同，唯方向相反。

4. 摩运肋胁

预备势：两脚开步站立，与肩同宽；两手环握杖置于腹前；目视前方（图2-45）。

动作一：左手握杖向体前、向上转动，右手握杖随之向下、向体前转动，杖至体前成直立状（图2-46）。身体左转，左手握杖向体左、体后、下划圆，左臂屈肘，杖贴于左乳下肋胁处，右手杖端向前、向上划立圆至胸高位置（图2-47）。随两腿微屈膝下蹲，左手握杖贴左肋胁向下摩运至腰间位置，稍停（图2-48）。

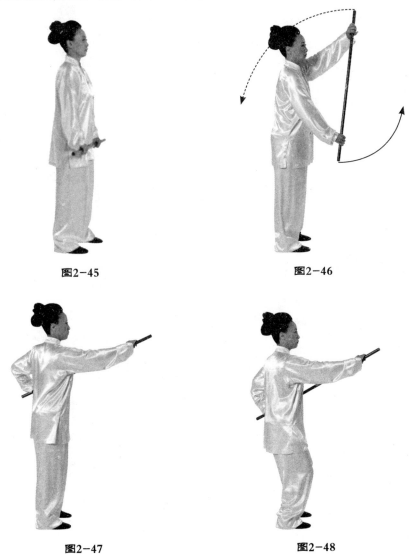

图2-45

图2-46

图2-47

图2-48

动作二：保持左转体位不变，随两腿一屈一伸，重复上下摩运左肋胁2遍或若干遍。

动作三：同动作一，唯左右相反（图2-49～图2-51）。

动作四：保持右转体位不变，随两腿一屈一伸，重复上下摩运右肋胁2遍或若干遍。

重复动作一至动作四2遍或若干遍。

图2-49

图2-50

图2-51

5. 摩运中焦

预备势：两脚开步站立，与肩同宽；两手环握杖置于腹前；目视前方（图2-52）。

动作一：两手环握杖，沿腹部向内卷腕，卷提至两乳下（图2-53），随即伸臂、伸腕，杖向下摩运中焦、下焦至两臂自然伸直（图2-54）；目视前方。重复2遍或若干遍。

图2-52

图2-53

图2-54

第二章 健身气功·太极养生杖功法功理

71

动作二：与动作一基本相同，唯杖向下摩运中焦、下焦后，随上体前俯，杖沿着大腿、小腿前继续摩运至脚（图2-55、图2-56），再起身、直立，两手卷杖上提经小腿、大腿前向上摩运至两乳下，再沿腹部向下摩运至两臂自然舒伸，复原；目视前方（图2-57、图2-58）。重复2遍或若干遍。

图2-55

图2-56

图2-57

图2-58

健身气功·太极养生杖

6. 抵按承山

预备势：两脚开步站立，与肩同宽；两手环握杖置于腹前（图2-59）。

动作一：左手伸指、掌心贴杖旋腕变手心向上握杖，滑杖至左侧杖端，上举约与左肩同高，右手置于右腰间；同时左脚向右腿侧后方插步，成两腿交叉（图2-60）。随即向右转腰、转髋，两腿屈膝下蹲，左膝盖抵按右小腿承山穴，稍停（图2-61）。

图2-59

图2-60

图2-61

动作二：两腿伸膝站起，稍向左转腰、转髋放松，再向右转腰、转髋，屈膝下蹲，左膝盖抵按右小腿承山穴，稍停；目视前方。参见图2-61。重复动作二2遍。

动作三：身体稍向左转，两腿伸膝站起，左脚向左侧开一步，两脚平行成开立步；两臂下落，左手贴杖旋腕、掌心向下环握杖，并向内滑杖至1/3处，两臂垂于身体两侧，复原；目平视前方。参见图2-59。

左、右腿交替向后交叉，做高歇步抵按承山穴，动作相同，唯左右相反。交替再重复2次或若干次。

持杖摩按练习是熟悉太极养生杖器械的重要方法之一。通过摩运、抵按等方式刺激相应部位的穴位、经络，可以起到调和气血、平衡阴阳、增进健康等作用。摩按练习时，需在调匀呼吸、集中注意力的情况下，细心体会摩按的运行路线、力度以及机体内在的反应变化等。摩按的力度，应注意循序渐进、逐渐加大，总体以适度刺激机体为佳。年老体弱、久病体质较差的习练者，注意运用轻、缓的补益摩按方式；对于身材高大、肥胖者，可适当加大力度进行摩按，以防止力度过小收不到效果，但切忌使用蛮力、爆发力。

（二）划圆练习

1. 平圆练习

预备势：两脚并步，自然站立；两手环握杖，与肩同宽，两臂自然垂于身体两侧；目视前方（图2-62）。

图2-62

动作一：左脚向左侧开一步，同时腰向右转；杖由腹前向右前方伸（图2-63）。随即两腿屈膝半蹲，腰向左转动；两手变为夹持杖，两掌心向下，杖由身体右斜前方向身体左斜前方划圆；目视杖的前下方（图2-64、图2-65）。

图2-63

图2-64

图2-65

动作二：两腿伸膝站起；两手变环握杖，卷杖回收并轻贴腹部偏左侧，身体向右转，杖贴小腹向右侧横向摩运小腹（图2-66、图2-67）。

图2-66　　　　　　　　　　　　图2-67

动作三：两腿屈膝半蹲；两手由环握杖变为夹持杖，杖向右前方伸出，并随腰向左转动，杖再一次向身体左前方划圆；目视杖的前下方（图2-68、图2-69）。

图2-68　　　　　　　　　　　　图2-69

动作四：重复动作二、动作三2遍。最后，身体向右转正，杖划平圆至正前方（图2-70），随即两腿伸膝站起，两手变环握杖，两臂下落垂于身体两侧，收左脚与右脚并拢（图2-71、图2-72）。

左、右脚交替向侧开步划平圆练习，动作相同，唯左右、方向相反。交替再重复2遍或若干遍。

图2-70

图2-71

图2-72

2. 立圆练习

立圆练习1

预备势：左脚向前一步，两脚前、后站立，前后间距约一个肩长，身体微右转；两手环握杖于身体右侧下方；目视前方（图2-73）。

动作一：杖向后、向上划圆至头右侧上方（图2-74）。随即两腿微屈膝，重心前移至左腿，两腿再伸膝站起，腰微左转，左膝伸直右脚跟提起、脚尖着地；同时杖向体前、向下、向身体左侧后划圆；目视前方（图2-75）。

图2-73

图2-74

图2-75

动作二：重心向后、向右移动，身体继续向左转；两手环握杖于身体左侧向后、向上、向前划圆至头左侧上方（图2-76）。随即腰向右转，两腿伸膝站起，重心偏于右腿；同时杖向体前、向下、向身体右侧的后下方划圆；目视前方（图2-77、图2-78）。

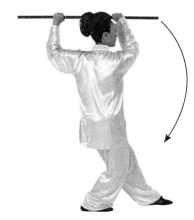

图2-76

图2-77

图2-78

动作三：重复动作一、动作二2遍或若干遍。

左、右两脚交换前后站立立圆练习，动作相同，唯左右相反。交替再重复2遍或若干遍。

立圆练习2

预备势：两脚开步站立，与肩同宽；两手环握杖，两臂垂于身体两侧；目视前方（图2-79）。

图2-79

动作一：两腿微屈膝下蹲，然后伸膝站起；同时杖经身体左侧向上划圆至头上方（图2-80、图2-81）。再两腿微屈膝下蹲；杖经身体右侧向下划圆至腹前右侧；目随杖行（图2-82）。

健身气功·太极养生杖

图2-80   图2-81

图2-82

动作二：下肢保持屈膝；杖继续向下、向左划圆，经体前时两臂自然舒伸，再向左、向上划圆至腹前左侧；目随杖行。参见图2-80。

动作三：重复动作一、动作二2遍。最后杖划圆向下，经体前时两腿自然伸直；两臂垂于身体两侧；目视前方（图2-83）。

图2-83

左、右交替划立圆练习，动作相同，唯左右相反。交替再重复2遍或若干遍。

持杖划圆可作为柔化身体、熟悉器械的基本练习。演练时应以腰为枢，动作有左有右、有上有下，划圆线路清晰、刚柔相济，以求达到正、顺、圆、满、够。正，为身法中正，不偏不倚；顺，为动作流畅，劲力通顺；圆，为圆活连贯，没有棱角；满，为精神饱满，神气充足；够，为动作到位、气势恢宏。划圆速度均匀，圆转到位，刻苦练习日久，自能找到其中劲道奥秘。

（三）杖法练习

1. 卷杖练习

预备势：两脚开步站立，与肩同宽；两手环握杖，两臂垂于身体两侧；目视前方（图2-84）。

两手腕内屈卷腕，沿腹部上提杖至两乳下，再沿腹部向下摩运，两臂伸直垂于身体两侧；目视前方（图2-85、图2-86）。重复2遍或若干遍。

图2-84

图2-85

图2-86

2.旋杖练习

预备势：两脚开步站立，与肩同宽；两手环握杖，两臂垂放于体侧；目视前方（图2-87）。

图2-87

动作一：上体微右转；左臂、手腕外旋，使杖向上经左臂内侧旋杖，左手变夹持杖，手心向上，右手仍环握杖；目视杖（图2-88、图2-89）。

图2-88

图2-89

图2-90

动作二：身体左转转正；左手变环握杖，左臂、手腕内旋，杖经左臂内侧向下旋转落于腹前，复原至起始动作；目视前方（图2-90）。

动作三：重复动作一、动作二2遍。

左、右手在身体两侧交替旋杖练习，动作相同，唯左右相反。交替再重复2遍或若干遍。

3. 卷旋练习

预备势：两脚开步站立，与肩同宽；两手环握杖，两臂垂于身体两侧；目视前方（图2-91）。

图2-91

动作一：左手握杖外旋，经左臂内侧立于体前，环握杖变夹持杖，掌心向上，约同肩高，右手握杖于腹前；目视杖（图2-92）。

图2-92

动作二：左手由小指到拇指依次握杖（图2-93），杖的上端向内、向下转动（图2-94），伴随左手腕的屈腕、旋腕、伸腕动作，右手端杖向前、向上转动，至杖竖立于体前，两手皆环握，右手在上、左手在下；目视前方（图2-95）。

图2-93

图2-94

图2-95

动作三：左、右两手分别向左、右下落、转动，复原至起始动作；目视前方（图2-96）。

动作四：重复动作一至动作三2遍。

左、右手交替卷旋练习，动作相同，唯左右相反。交替再重复2遍或若干遍。

图2-96

4. 滑杖练习

滑杖练习1

预备势：两脚开步站立，与肩同宽；两手握杖，置于胸前或腹前呈水平，两手间距与肩同宽（图2-97）。

图2-97

动作一：一手环握杖不动，另一手环握杖向内滑杖，向不动手靠拢，再向外侧杖端滑动，回至原位置（图2-98）。

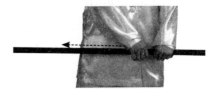

图2-98

动作二：同动作一，唯换另一手滑杖练习。

左、右两手交替滑杖，重复2遍或若干遍。

滑杖练习2

预备势：两脚开步站立，与肩同宽；左手心向上、右手心向下环握杖，两臂自然舒伸，置于身体两侧；目视前方（图2-99）。

图2-99

动作一：左手杖端向右、向上转动，右手杖端向左、向下转动，杖立于体前（图2-100）随即两手伸指、手心贴杖上下相向沿杖滑动；同时，杖向身体右侧转动90°，变为右手心向上、左手心向下环握杖，置于腹前（图2-101、图2-102）。

图2-100

图2-101

图2-102

动作二：同动作一，唯左右相反。

左、右两手上下滑杖交替练习，重复2遍或若干遍。

杖法练习旨在提升演练技巧，领悟器械劲道。练习时，两手应相牵相系，配合默契，运杖自如，做到手不离杖，杖不离手，手型变化与换位流畅、灵活，把法到位准确，因势导力顺达，逐渐使太极养生杖与形体动作、神意运用、气息配合协调统一、浑然一体。

第二节　功法操作

太极养生杖注重以杖导引，融身、械、息、心为一体。杖为手臂之外延，借助于杖的规律性运动，在提高身、心、息综合锻炼强度的同时，能更加有效地激发、强化人体的固有功能，使心身臻于高度的和谐。本节主要从动作说明、呼吸方法、意念活动、技术要点、易犯错误与纠正方法等方面，对太极养生杖的功法操作进行阐述，并对每一式的功理与作用进行了介绍。

预备势

1. 动作说明

动作一：两脚并步站立，头正颈直，齿唇轻闭，舌尖轻抵上腭，眉宇间和嘴角放松；两臂自然垂于体侧，沉肩坠肘，左手持杖的下1/3处轻贴裤线；虚腋，胸部自然舒展，腹部放松；目光平视，静立片刻（图2-103）。

图2-103

动作二：随着松腰沉髋，身体重心移至右腿，左脚向左侧开步，两脚间距与肩同宽，两脚尖朝前成开立步。左手食指屈收、握杖，左臂稍内收，杖的下端向内侧抬起，右手于腹前接握杖，左手横向滑杖，两手环握杖，约与肩同宽，两臂垂于身体两侧；目视前方（图2-104、图2-105）。

图2-104

图2-105

动作三：两手握杖轻贴腹部，卷杖上提至两乳下，再沿腹向下摩运至两臂自然伸直；目视前方（图2-106、图2-107）。

图2-106

图2-107

重复动作三2遍，共做3遍。

2. 呼吸方法

（1）动作一、动作二自然呼吸。

（2）动作三卷杖上提时，吸气；摩运下落时，呼气。以腹式呼吸为主。

（3）卷提至两乳膻中穴处，稍停闭呼吸。

3. 意念活动

（1）意念基本姿态与周身放松。

（2）动作一、动作二时意守丹田。

（3）动作三，意念集中在杖上下运行的动作上；或意守呼吸。

4. 技术要点

（1）保持虚灵顶劲，立身中正，呼吸顺畅，宁神静气，神意内守。

（2）动作三上提或下落时，动作要连贯、均匀、缓慢和流畅，摩运力度应适宜。

（3）动作三肢体动作与呼吸配合练习时，呼吸应保持自然顺畅，切忌强吸硬呼，出现憋气等问题。

5. 易犯错误与纠正方法

（1）左脚开步时，两腿有明显屈膝下蹲再站起的动作，身体重心起伏、虚实不分。开步时，应注意两膝自然放松，身体重心先稍向右腿移动，左腿开步轻盈，落脚时先脚掌着地，逐渐过渡到全脚掌着地，点起点落，慢慢向左腿移动，使身体重心平稳横向移动，落于两脚中间位置。

（2）上体歪斜，或驼背或塌腰翘臀，八字脚。注意虚灵顶劲、竖腰立脊、尾闾中正，两脚平行站立，脚尖朝前。

（3）卷杖上提时耸肩架肘，向下摩运杖时手臂屈肘，未完全舒伸两臂。应注意始终保持沉肩坠肘，卷提时腕、肘依次节节卷曲，切勿先提肘；向下摩运时，伸腕、伸肘至两臂完全舒伸。

（4）动作三卷提摩运，转角分明。应注意手环握杖要边内卷手腕边上抬，边背伸手腕边向下摩运，切忌抬至最高点或下落至最低点时两手腕有翻转、坐腕动作。

6.功理与作用

（1）端正身形，排除杂念，调匀呼吸、启动气机，收摄心神，使习练者从日常生活状态进入练功状态。

（2）以杖导内，吐故纳新，升清降浊，调和气血，专一凝神，培育元气，促进心肾相交、周身气血畅通。

第一式　艄公摇橹

1.动作说明

动作一：接上式。两腿屈膝下蹲，左脚向左前45°上步，向上勾脚尖，脚跟着地；同时身体左转45°，两手卷杖上提至两乳下，翻腕，屈肘（图2-108）。随即左脚落平，重心前移成左弓步；两手变夹持杖向上、向前、向下弧形摇杖至与腰同高；目视杖的方向（图2-109、图2-110）。

图2-108

图2-109   图2-110

动作二：身体重心后移，右腿屈膝、屈胯，左腿自然伸直，向上勾脚尖，脚跟着地，成左虚步；同时两手变环握杖，继续向下、向内划弧至腹前（图2-111）。腰向右转正，目视前方，再向左前45°转体；卷杖提至两乳下，翻腕，屈肘（图2-112）。随即，左脚落平，身体重心前移成左弓步；同时，两手夹持杖向上、向前、向下弧形摇杖至与腰同高；目视杖的方向（图2-113、图2-114）。

图2-111

图2-112

图2-113

图2-114

动作三：重复动作二1遍。

动作四：身体重心向右腿移动，右腿屈膝、屈胯，左腿自然伸直，向上勾脚尖，脚跟着地，成左虚步；同时，两手变环握杖，向下、向内划弧至腹前，腰向右转正，再卷杖上提至两乳下，收左脚与右脚并拢（图2-115）。随即两腿伸膝、站起；两手翻腕变夹持杖向前、向下摇转，落臂垂于身体两侧（图2-116、图2-117）。

图2-115

图2-116

图2-117

右式与同左式动作相同，唯左右、方向相反（图2-118～图2-127）。

图2-118

图2-119

图2-120

图2-121

图2-122

图2-123

图2-124

图2-125

图2-126

图2-127

2. 呼吸方法

（1）初学时，自然呼吸。

（2）动作技术熟练后，身体重心前移成弓步时，呼气；重心后移成虚步卷提杖时，吸气。随着运动更加缓慢和身心松静的深入，以腹式呼吸为主。

3. 意念活动

（1）初学时，意想动作规格。

（2）动作技术熟练后，可意守呼吸，或意想置身于湖中之船上摇橹行船。

4. 技术要点

（1）百会上领，沉肩坠肘，做到杖引、肘随、肩送，节节贯穿，圆活连贯，一气呵成。

（2）弧形摇杖时，上下肢动作应协调配合。杖向前摇转时，要以手臂为半径在体前摇转，摇杖向上的幅度高不过鼻尖；杖由小腹向上卷提、翻腕，置于胸前约与膻中穴同高；卷腕、屈肘、翻腕，动作应连贯自然。

（3）以意领杖，杖引身随，身械合一，虚实分明，内外合一。

5. 易犯错误与纠正方法

（1）身体重心移动与摇杖动作脱节。注意重心前移摇杖成弓步时，两手夹持杖于膝前上约与腰同高；重心后移成左虚步时，两手边向下、向内摇转，边渐变环握、内卷腕杖经小腹前；杖的运行路线为一个环绕立圆。可反复练习，重点体会以杖引导节节连动摇转与转腰、重心前后移动，完成杖立圆绕环的动作配合和技术要领。

（2）两臂持杖摇转划圆，动作僵硬。应注意梢节（杖）引、中节随、根节催，指、腕、肘、肩节节贯穿、协调配合、完整一气。

（3）弓步变为虚步时，上体后仰或向前顶髋（胯）。首先，注意百会虚领，竖脊立腰，敛臀坐胯，使大椎、尾闾和后支撑脚脚跟内侧上下一线对应。其次，应根据自己的身体素质选择适宜的步幅，并非越大、越低越好，注意因人而异、循序渐进。第三，重视加强站桩练习，建立正确的身型概念和立身中正的动力定型，既有利于增强下肢肌肉力量，又能更好地支撑身体保持中正之姿。

（4）弓步跪膝、撅臀，两脚踩在一条线上。弓步摇杖时注意长腰沉胯，鼻尖、膝尖、脚尖，上下相对应。可针对性地加强弓步定势练习，提高下肢力量，建立正确的弓步动力定型。

6. 功理与作用

（1）手腕有节律地卷、翻，再加之手臂、掌指的屈伸运动，利于激发手三阴、手三阳经脉气血运行，尤其通过对手腕处肺经、心经、心包经原穴的强化刺激，可以畅通心肺之气，促进吐故纳新，调神养心安神。"心主血脉""心藏神"，"心气"旺盛自能推动气血周身畅通运行，供养各组织器官正常发挥作用，并保持神志清晰，精力充沛，思维精神活动敏锐。

（2）腕、肘、肩各关节缓慢、柔和地规律性屈伸、环绕运动，特别是通过以杖导引增加诸关节的活动幅度，可以起到舒筋活络、增强肌肉活性的作用，对缓解、修复肌肉劳损，防治肩关节炎、网球肘、腕关节肌腱炎等病症具有裨益。

（3）弓步与虚步交替转换，能增强下肢肌肉力量，活动髋关节，改善局部血液循环，提高身体的稳定性。

（4）身体重心后移成虚步时的转腰动作，加强了脊椎的左右转动，利于提升脊柱的旋转幅度和灵活性，并能强化肾的功能，使肾水上济，促进心肾相交。

第二式　轻舟缓行

1.动作说明

动作一：接上式。两腿屈膝，左脚向前一步，向上勾脚尖，脚跟着地，成右虚步，同时腰向右转；两手环握杖，由身体右侧下方向后、向上、向前划圆杖至头右侧上方，随即右手五指舒伸、平展，手心向上贴杖外旋180°环握杖（图2-128、图2-128附图）。左脚落平，重心向左腿移动，两膝伸直，右脚脚尖触地；同时杖向前、向下、向身体左侧后下方划圆弧，腰向左前45°转体，右手停至左腰侧，似撑船动作；目视前方（图2-129）。

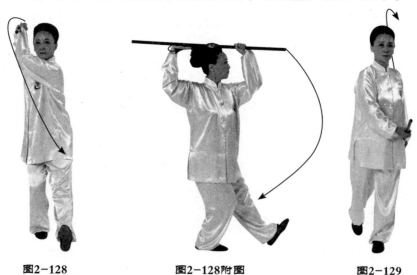

图2-128　　　　　　　　图2-128附图　　　　　　　　图2-129

动作二：重心向后移至右腿，屈膝、屈胯，左膝自然伸直，左脚全脚掌着地，同时腰继续左转；杖由身体左侧下方向后、向上、向前划圆弧至头左侧上方，随即右手五指舒伸、平展，手心向上贴杖内旋180°环握杖（图2-130、图2-130附图）。左脚经右踝内侧向后退一步，重心向后移至左腿，屈膝、屈胯，右膝自然伸直，勾脚尖向上，脚跟着地，成右虚步；同时杖经体前向下、向身体右侧后下方划圆弧，腰向右前45°转动，左手停至右腰侧，似撑船动作；目视前方（图2-131）。

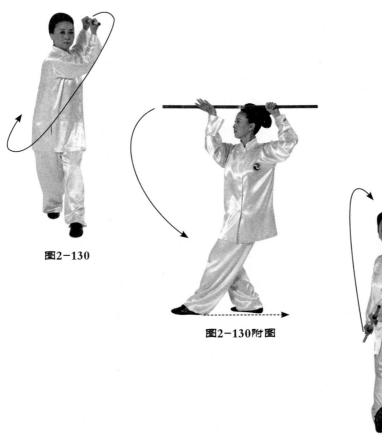

图2-130

图2-130附图

图2-131

动作三：下肢不变，腰继续右转，杖由身体右侧下方向后、向上、向前划圆弧举杖至头侧上方；同时重心向前移至右腿，上左步，左脚与右脚并拢，两腿屈膝（图2-132）。随两腿伸膝站起，杖向前、向下、向身体左侧后下方划圆弧，腰向左前45°转，右手停至与腰同高，似撑船动作；目视前方（图2-133）。

图2-132

图2-133

右式与左式动作相同，唯左右相反（图2-134～图2-140）。

本式一左一右为1遍，共做2遍。

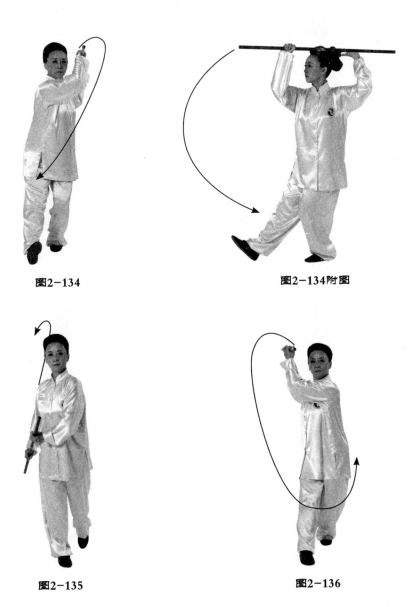

图2-134

图2-134附图

图2-135

图2-136

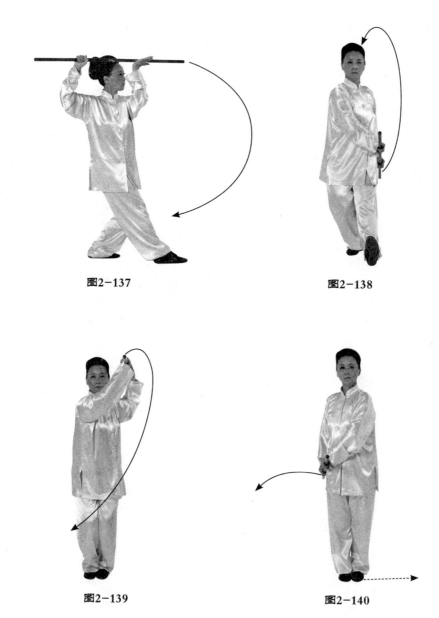

图2-137

图2-138

图2-139

图2-140

2. 呼吸方法

（1）初学时，自然呼吸。

（2）动作技术熟练后，动作一、二，以腹式呼吸为主。划圆举杖时，吸气，并在最高处时旋腕握杖，瞬间停闭呼吸；伸膝站立向后撑杖划水时，呼气。

（3）动作三以腹式呼吸为主。杖由后向上、向前划圆，吸气；并步伸膝站立，杖向前、向下、向后划立圆后撑时，呼气。

3. 意念活动

（1）初学时，意想动作规格。

（2）动作技术熟练后，可意守呼吸；或意想站在竹筏之上在静静流淌、波光粼粼的河水中撑篙而行，以杖引导，气沉丹田，意、劲达杖下端，深入水底，似用竿逆撑使舟前进。

4. 技术要点

（1）两腿屈膝，一脚向前上步，成虚步时，应竖脊立腰、尾闾中正、敛臀坐胯、圆裆松膝、气沉丹田；并与杖向后、向上的划圆形成前后、上下相反相承的协调运动。

（2）持杖划立圆与转腰拧脊要协调运动；手贴杖旋腕时，手指平展，手心向上，尽量保持手腕水平旋转。

（3）向体侧后方撑杖时，脚蹬、腰转、百会上领与向下、向后撑杖形成矛盾对拉力，劲力顺达、节节贯穿，中正安舒，意境深远。

（4）神意为先，身杖相随，身械合一；杖下端经体前向下、向后划圆，眼随杖走；杖下端过前支撑腿后撑划圆，视线平视前方。

5. 易犯错误与纠正方法

（1）身体两侧立圆行杖不连贯，圆形轨迹不完整。应加强持杖划立圆的专门练习。通过反复体悟，重点提高转腰与持杖划圆的协调配合能力，并注意杖尽量贴近身侧划圆，提升立圆轨迹的质量。因肩部活动有障碍者，划立圆不规范，不必强求肢体动作一步到位，可先划小圆，再逐渐增加划圆幅度，但应始终保持流畅划立圆的意念。

（2）后坐虚步举杖或前移站立撑杖时，上体前俯或后仰，或低头或仰头，或扭胯或顶胯。应注意，立身中正要贯穿动作练习始终，切不可因虚步蹲得更低，或站立得更高而丢掉"中正"这一基本原则。动作定势时应注意检验是否做到了虚灵顶劲、头正颈直、沉肩坠肘、含胸拔背、竖腰立脊、尾闾中正、敛臀坐胯等身形技术要点，平时应加强站桩练习，强化基本身型的锻炼。

（3）向后撑杖划水与伸膝、站立、转腰或虚步动作脱节、断劲。注意以腰为枢纽，力发自脚，转换于腰，向上经肩背传递于两臂、两手达于杖下端，劲力上下始终贯穿衔接，周身完整一气，切忌仅把注意力集中于杖的划立圆上，使两手持杖孤立运动，使动作散乱断劲。

6. 功理与作用

（1）"督脉贯脊属肾""腰为肾之府""肾与膀胱相表里"。身体后坐成虚步、转腰举杖、站起撑杖等动作，可激发督脉、肾经、膀胱经、带脉等经脉之气，改善肾等脏腑功能，起到温补肾阳、纳气归肾、滋养肾阴、强腰固肾、固摄下元等作用。

（2）持杖划立圆动作，可充分活动肩关节，有效刺激肩部和腕部穴位，强化胸腔开合运动，利于通宣理肺，改善心肺功能，促进吐故纳新，增强血氧交换，防治肩周炎、慢性支气管炎等疾病。

（3）腰部的反复转动，能带动整条脊椎旋转，可柔韧脊柱，增强脊柱特别是腰脊的肌肉力量，有益于防治腰椎部的损伤。此外，柔和缓慢的前后、上下重心移动，可发展下肢肌肉力量，增强身体的稳定性，提升平衡能力。

第三式　风摆荷叶

1. 动作说明

动作一：接上式。两腿微屈膝，左脚侧开一步，两脚内侧与肩同宽，同时腰向右前45°转；两手环握杖向右前方伸臂摆出（图2-141）。随即两腿屈膝半蹲，腰向左前45°转动，两手变夹持杖，手心向下，杖经腹前向左前方划平圆至左斜前45°方向；目视左前下方（图2-142）。

图2-141

图2-142

动作二：两腿伸膝站起；两手变环握杖向下划弧至腹，卷腕，杖贴于左腹侧；目视左斜下方（图2-143）。随即腰向右转动；杖向右横向摩运小腹，右手引杖向右肩斜后45°伸出，左手握杖至右肋胁处；目视右手杖端（图2-144）。两腿屈膝半蹲，腰向左转正；同时右手杖端向体前、向左划圆，左手杖端向右侧划圆弧，右臂在上、左臂在下交叠于胸前；目视前方（图2-145）。

图2-143

图2-144

图2-145

动作三：两腿伸膝、站起；左臂舒伸，左手杖端指向地面，由右经腹前向身体左侧划圆弧导引，左手约与腰同高，同时右臂向头上自然舒伸，右上臂贴于右耳侧，上体成左侧屈，杖竖立停于身体左侧，随即两手十指自然伸直，夹持杖，稍停；目视杖的方向（图2-146、图2-147）。

图2-146

图2-147

动作四：两腿不动，身体直立；杖弧形举至头上方，两臂自然伸直，直腕，十指向上；目视杖上方（图2-148）。随即杖下落至胸前，变手心向下；两腿屈膝半蹲，杖由两乳向下摩运至小腹（图2-149）。再两腿伸膝、站起；两手变环握杖，置于体前；收左脚与右脚并拢；目视前方（图2-150）。

图2-148

图2-149

图2-150

右式与左式动作相同，唯左右方向相反（图2-151～图2-160）。

本式一左一右为1遍，共做2遍。

图2-151

图2-152

图2-153

图2-154

图2-155

图2-156

图2-157

图2-158

图2-159 　　　　　　　　　　　　　　图2-160

2. 呼吸方法

（1）初学时，自然呼吸。

（2）动作技术熟练后，动作一开步、外摆杖时吸气，屈膝、转腰划平圆时呼气，以腹式呼吸为主。

（3）动作二伸膝站起、摩运、引杖时吸气，两臂交叠、屈膝下蹲时呼气，以腹式呼吸为主。

（4）动作三成体侧屈、伸指夹持杖时，停闭呼吸片刻；动作四先呼气，随弧形上举杖时吸气，体前落杖时呼气。

3. 意念活动

（1）初学时，意想动作规格。

（2）动作三成体侧屈时，意在体会对侧胁肋部的拉伸感；动作四杖向下摩运腹时，意在丹田。

（3）动作技术熟练后，可意守呼吸；或意想自己犹如伫立在池塘中的荷叶，随风左右摇曳摆转。

4. 技术要点

（1）杖于腰腹前划圆时，立身中正，腰为轴枢；以意领杖，匀速划圆，身随杖行；转体、两臂交错划圆、叠臂时，注意长腰、送肩、圆背，动作圆活连贯、流畅自然；杖弧形向头上举时，上手要领，下手要随，一主一从，两手相牵相系，协调配合。

（2）杖划圆弧至体侧，引导人成体侧屈时，两肩上下相照，两臂应自然舒伸，头侧上方的上臂贴耳，并静立片刻，停闭呼吸时间约3秒。但注意年龄大、体弱者，因人而异。

（3）本式动作中两手环握、夹持的手法变化较多，应注意手法一紧一松，与呼吸节律变化相协调。

5. 易犯错误与纠正方法

（1）动作一的腰腹前杖划平圆时，身体重心偏移至一腿，或一腿屈、一腿伸。应注意立身中正，保持屈膝坐胯，身体重心落在两脚连线中点状态下，再以腰为轴枢，带动两手持杖划平圆。

（2）体侧屈过程中出现上体前倾、撅臀，以及转体、转肩等现象，且肢体动作与杖的运动脱节。应注意体侧屈的幅度因人而异，以适度为宜，切不可只为追求增加幅度，导致破坏动作规范与呼吸吐纳；再者，运动中切勿杖未动而身先行，应注意以杖导引，身随杖走，两手握杖相牵相系，引导躯干完成体侧屈动作；体侧屈定型动作时，应注意杖、两臂、两肩、胸、腹、两腿、两脚在一个垂直于地面的平面上，胸腹部均

健身气功·太极养生杖

朝向正前方。

6. 功理与作用

（1）中医认为，"两胁属肝""肝有邪，其气留于两胁""肝藏血，肾藏精"，两者同源。持杖左右交替做体侧屈动作，能有效导引牵拉两胁、刺激腰肾，有助于疏肝利胆、调畅情志，以及强腰壮肾、调理气机、平抑肝阳上亢。

（2）杖弧形划圆引导身体呈侧屈状，再举杖，立身中正，躯干一屈一伸，以及左右转腰摩运腹部等动作，亦能激发三阴、三阳经脉之气运行，疏通任、督二脉经气，促进全身气血畅通运行。

（3）以杖导引脊柱侧屈、伸展运动，能增强脊柱的韧性、伸展性、稳定性和灵活性，利于脊柱保持正常的生理弧度，矫正脊柱畸形，防治脊柱疾患。

第四式　船夫背纤

1. 动作说明

动作一：接上式。两腿微屈膝，身体左转，左脚向身体左侧迈一步，屈膝成左弓步；同时，左手引杖端向左、向上划立圆，右手随之向下、向前划圆弧至腹前，杖接近竖直时左手向左侧杖端滑、握杖（图2-161、图2-162）。杖继续向身体左侧后下划圆，经左肋胁处顺势贴肋向下摩运，左手握杖停于左腰处，右手握杖继续向前、向上划圆停于约与胸同高处；目视杖的前方（图2-163、图2-163附图）。

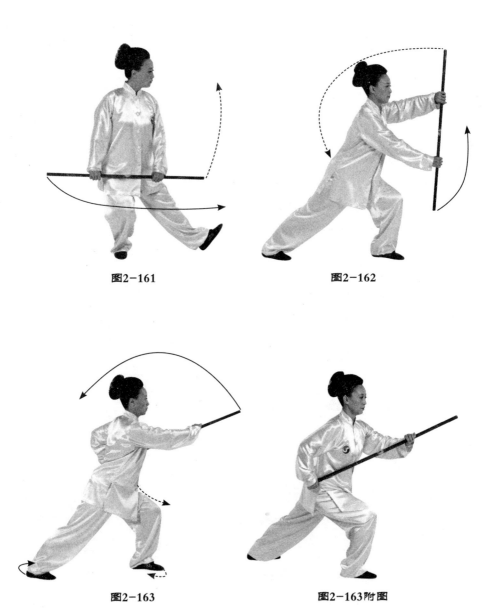

图2-161

图2-162

图2-163

图2-163附图

动作二：下肢不变；左手握杖向下、向前划弧至左膝外侧，右手边向右杖端滑动，边向上、向右划立圆，杖贴肩，同时微向右转体（图2-164）。随即左腿伸膝、站起，重心右移，右脚掌向外碾转，左脚尖内扣，两脚平行，两腿自然站立，同时身体右转转正；右手握杖向右、向下划圆，左手握杖随之向上划圆，转杖压于肩上；目视前方（图2-165）。

图2-164

图2-165

动作三：右脚尖上翘外展约90°；右手握杖在肩上边向右摩运边贴身立圆转杖，左手握杖随之（图2-166）。右脚落地，身体右后转，重心移向右腿，屈右膝，左腿保持伸膝，左脚掌向内碾转，脚跟向后蹬转，成右弓步；右手握杖贴身继续向下、向后、向上划圆弧，左手握杖随之向上、向前、向下转杖按压在左肩上，头向右后转，似船夫背纤（图2-167）。上体继续向右后拧转，稍向前倾探，继续沉降重心；杖近似水平状，按压左肩井穴，稍停；目视身体后方（图2-168）。

图2-166

图2-167

图2-168

动作四：左手握杖，绕经头上向右肩前、右胸前、小腹前下落，右手握杖，随之向上、向右侧划圆弧（图2-169）。随即身体向左转正，重心向左腿移动，左脚掌向外碾转，左腿屈膝，右腿伸膝，右脚尖内扣，两脚平行；同时杖下落经腹前约成水平状，引杖至身体左侧，左、右手依次向内滑杖、握杖回复原位（图2-170、图2-171）。重心移向右腿，右腿屈膝，左腿伸膝，收左脚与右脚并拢，两腿屈膝；杖向上划圆弧至头上，两手变为夹持杖，十指指尖向上；目视杖上方（图2-172）。随即两臂屈肘下落杖至两乳下，两腿伸膝站起；同时两手变手心向下，杖贴腹向下摩运至两臂自然舒伸，两手变环握杖，两臂垂于身体两侧；目视前方（图2-173）。

图2-169

图2-170

图2-171

图2-172   图2-173

右式与左式动作相同，唯左右、方向相反（图2-174～图2-186）。

本式一左一右为1遍，共做2遍。

图2-174   图2-175

图2-176   图2-177

图2-178

图2-179

图2-180

图2-181

图2-182

图2-183

图2-184

图2-185

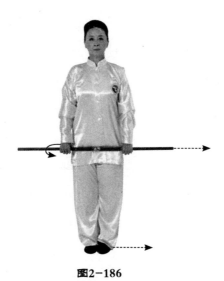

图2-186

2. 呼吸方法

（1）初学时，自然呼吸。

（2）动作技术熟练后，动作一以腹式呼吸为主。杖向上划圆弧时，吸气；杖下划圆摩运肋胁时，呼气后稍停闭呼吸。

（3）动作三贴身转杖、拧腰，吸气；弓步身体重心下沉时，呼气；按压肩井稍停，停闭呼吸约3秒。动作四，杖起吸气，杖落呼气，以腹式呼吸为主。

3. 意念活动

（1）初学时，意想动作规格。

（2）动作三按压肩井时，意在肩井；动作四杖向下摩运腹时，意在丹田。

（3）动作技术熟练后，可意守呼吸；或以意引杖、杖行身随；或意想自己是逆流而上拉纤的船夫，杖似纤绳，贴身搭在肩上，劲力从脚到头上下贯穿完整一体。

4. 技术要点

（1）转杖压肩或贴身立圆转杖成弓步背纤时，应杖不离身；杖贴身立圆转动时，立项、竖脊、拧转，动作协调配合，一气呵成。

（2）弓步背纤定势时，百会虚领，下颌微收，竖脊、沉髋，腰部拧转和后腿蹬伸充分，使头部、脊背与伸直的后腿成一斜直线，即斜中寓正。杖按压肩井力度适宜，杖呈水平状态，停约3秒。

（3）动作以腰为中枢，上下相随，开合有序，快慢相间，虚实分明，与呼吸、意念协调运动，圆活连贯，体现圆活之妙。立圆行杖力发于足，上行于腿，蓄于腰，再以腰带身，以身带臂，以臂运杖。

5. 易犯错误与纠正方法

（1）两腿开立，杖压在两肩上接做立圆转杖弓步背纤时，一脚脚步上勾外展，另一腿有屈膝下蹲动作，再移动重心成弓步背纤。应注意一脚勾脚尖外展，两腿仍保持自然伸膝状态，杖立圆转动，待转身拧腰后，直接沉降身体重心，使一腿屈膝、一腿伸膝成弓步背纤动作。

（2）上肢持杖运动与下肢重心移动脱节、不协调。应注意以杖导引，以腰为轴枢带动上下肢的协调运动，把握好重心移动与行杖划圆的节奏配合，做到势断劲连，劲断意连，内外合一。

（3）立圆转杖时，未形成立圆轨迹。注意腰的枢纽运动，尤其注意要贴身行杖划圆。

（4）弓步背纤定势时，后腿存在拔脚跟现象。注意根据自身体质、素质情况，选取适宜的弓步步幅和重心高度，确保伸直后腿的全脚掌着地。

（5）杖在肩上未呈水平状，未能有效按压到肩井穴。注意沉肩、坠肘，杖成水平位置，并适度用力，方可有效按压肩井。

6. 功理与作用

（1）脾主运化和统血，既输布精微、运化水湿，也统摄血液、营养肌肉。转腰拧脊，以杖带身，能活动中焦和牵动脾经、胃经等经络，可提升脾胃"气血生化之源"的功能，使脾气健旺，有效运输水谷精微到周身各组织，统摄血液正常运行于脉道之内而不外溢，维持人体内部新陈代谢的平衡。

（2）肾与膀胱相表里。"腰者肾之府"，肾主骨藏精生髓。转腰拧脊，使带脉张弛交替，可促进腰部乃至全身气血运行旺盛，能固肾益气、强壮腰肾；弓步背纤定势，有利于加强抻拉膀胱经，增强防御外邪、存储津液、通利小便等功能。所谓"肾生骨髓，髓生肝"，而"肝肾同源""精血互化"，又杖按压胆经之肩井穴，利于通络止痛，活血利气，强化改善肝肾功能。

（3）弓步转腰，可增进髋关节灵活性，发展髋关节周围及下肢肌肉力量；转头、远望等动作，加上持杖刺激肩部大椎、肩井等穴位，可牵拉两侧颈动脉，改善脑部供血，松解颈、肩部肌肉紧张，防治颈椎、肩部疾病等。

第五式　神针定海

1.动作说明

动作一：接上式。两腿微屈膝，左脚向左侧横开一步，身体重心向左移动，两脚平行，两脚内侧与肩同宽；同时右手伸指，手心向下贴杖外旋成手心向上托杖，左手伸指变夹持杖，手心向下，同时杖向身体左侧导引（图2-187）。随即两腿伸膝站起，再两腿屈膝半蹲；两手一夹杖、一托杖向上划立圆，经头上再向体右、向下划圆弧下落至约与腰同高；目随杖走（图2-188、图2-189）。

图2-187

图2-188

图2-189

动作二：两腿伸直站起，腰微右转；两手变环握杖，左手旋杖，杖自然斜立于身体右斜前方，两手变夹杖，手心向上（图2-190）。右腿松膝、微屈，左脚脚尖外展90°落地，重心向左腿移动，左腿屈膝，右腿伸直，脚跟向右后蹬转，成左弓步，同时身体左转；两手夹杖，向身体左侧弧形摆至胸前，左手约与胸同高；目视身体前方（图2-191）。

图2-190

图2-191

动作三：右脚上步，两腿屈膝半蹲，两脚平行开立，约与肩同宽。随即左手卷旋杖，左手杖端向下划圆弧，右手杖端向上划圆弧，同时右手稍向杖端滑动，杖立圆转动180°竖立于体前，左手位置约与腰同高，右手位置约与眼同高（图2-192、图2-193）。随即右手握杖向下滑落，右手触及左手；目视前方（图2-194）。

图2-192

图2-193

图2-194

动作四：两腿伸膝站立；同时两手下落至腹前分开，右手持杖，杖下端向后、向上弧形转动贴于右臂后，两臂自然垂于体侧，随即左臂外旋，向身体左前45°上举，手心向上，约与眼眉同高（图2-195）。左臂屈肘，左手回收至面前，手心向下；目视前方（图2-196）。随两腿屈膝屈胯；左手向下按掌至腹前偏左；目视前方（图2-197）。

图2-195

图2-196

图2-197

　　右式与左式动作相同，唯左右、方向相反。注：右式与左式衔接过渡动作：右脚向后撤步，脚前掌向外碾转90°，左脚尖内扣90°，两脚尖向前，平行开立，两脚内侧与肩同宽，两腿屈膝半蹲，同时身体右转90°；左手腕外旋，手心向上在右手处接托杖，边向下落平杖，右手边向右侧杖端滑杖至杖1/3处变夹杖，两手引杖经小腹至身体右侧（图2-198～图2-208）。

　　本式一左一右为1遍，共做2遍。

图2-198

图2-199

图2-200

图2-201

图2-202

图2-203

图2-204

图2-205

图2-206

图2-207 　　　　　　　　　　　图2-208

2. 呼吸方法

（1）初学时，自然呼吸。

（2）动作技术熟练后，动作一以腹式呼吸为主。伸膝站起、杖划立圆至头上时吸气；屈膝半蹲、杖划立圆下落时呼气。

（3）动作二先吸后呼，以腹式呼吸为主。动作三卷旋转杖180°，手稍滑杖，吸气；向下垂直落杖，呼气。动作四手臂外旋上举，吸气。向下按掌时呼气，以腹式呼吸为主。

3. 意念活动

（1）初学时，意想动作规格。

（2）动作三杖的上下转动、垂直滑落，意念杖似"神之针"直指丹田；或可意守呼吸。

第二章　健身气功·太极养生杖功法功理

（3）动作四捧掌时意想捧起天地之精华，并怀有珍惜、珍重之意；按掌时意想天地之精华缓缓导入丹田，即为"神针定海"；或可意守呼吸。

4. 技术要点

（1）动作一杖划立圆与形体的升降运动协调配合，身法中正，动作和顺，意在杖前。杖划圆向上时，既要劲起于脚、行于腿、主宰于腰、传于手、达于杖，也要注意虚灵顶劲、神意为先；杖划圆落杖时，在保持虚灵顶劲的同时，屈膝、松腰、松垮、圆活落杖。

（2）动作三应做到百会虚领、空胸圆背、沉肩坠肘、竖脊立腰、敛臀坐胯，保持立身中正、神意内敛。

（3）呼吸与形体动作配合，以自然顺畅为宜，既要符合动息相合的规律，也应注意因人而异，避免强呼硬吸。

5. 易犯错误与纠正方法

（1）动作二身体向左或右转体时，与两手夹杖弧形摆动的动作脱节、不协调、手型未变化。注意旋杖时先手环握杖进行旋转，待完成旋杖后再变为夹持杖，以腰为枢，以杖为引导，弧形摆杖转体。

（2）动作三卷旋转杖时，五指同时握杖。应加强卷旋杖技术的重复练习，明晰卷旋杖的技术要领，既是由小指到拇指的依次握杖，也伴随手腕、前臂的屈伸和内旋运动，是一个复合型的运动。

（3）动作四捧掌、按掌时耸肩、翘肘，动作轻飘无力。应始终注意沉肩坠肘动作要领，同时加强形松意充的锻炼，既要放松手臂、放松精神，也要运用意念充盈、引领动作。

（4）动作四两腿屈膝下蹲时跪膝、上体前倾或后仰。应注意膝盖不超过脚尖，并做到虚灵顶劲、立腰竖脊、敛臀坐胯，保持立身中正。同时还要加强站桩练习，养成正确的练功身型，并逐步增加腿部力量。

6. 功理与作用

（1）反复升降、旋转肢体的运动，利于畅通全身气血的运行，行滞化瘀，改善心血管功能。卷腕与卷旋的动作，可对手腕部的原穴和指端末梢进行强化刺激，能加强梢节的经络气血运动，并有助于涵养心气、养护心神。

（2）以腰为枢，意导杖领，弧形圆转，左右转体，利于活动腰脊、强腰壮肾；掌的上捧、下按，意想纳天地之精华于丹田，既可培元固本、强壮丹田气，也可促进心肾相交。

第六式　金龙绞尾

1. 动作说明

动作一：接上式。右脚内扣，左脚向左后45°方向撤步，脚前掌着地；同时右手心向下环握杖，向右斜前方引杖伸出，左手向左侧1/3杖端滑动（图2-209、图2-210）。随即左脚掌向外碾转，右脚掌向内碾转，重心向左腿移动，左腿屈膝，右腿伸膝，成左弓步，同时身体向左后转；右手杖端经头上向身体左后方划圆下落，杖停于右肩前，左手握杖随之停于右腋下；目视右手杖端方向（图2-211）。

图2-209

图2-210

图2-211

动作二：重心向后腿移动，右腿屈膝，左腿伸膝，成右坐步；同时左手向前、右手向后相向滑杖，左手环握于杖端，约与肩同高，右手环握杖置于右腰间（图2-212）。左脚经右脚后交叉，两腿稍伸膝站起，身体边向右前转边屈膝下蹲成高歇步（抵压承山穴），稍停；目视正前方（图2-213）。

图2-212

图2-213

动作三：两腿屈膝全蹲，成低歇步或保持高歇步，腰继续右转；左手向身体右斜前方插杖，杖端触地，左手托杖一端，右手滑杖距左手杖端1/3处夹持杖；目视杖端（图2-214、图2-215）。随即左手向下、向外、向上、向内再向下绞杖，两手心向下夹持杖、下按；目视杖端（图2-216、图2-217）。

图2-214

图2-215

图2-216

图2-217

动作四：两腿伸膝站起，左脚向左侧一步，脚前掌着地；同时左手夹杖向左水平引杖，右手夹杖向右端滑杖至1/3处（图2-218）。重心向左腿移动，收右脚与左脚并拢，两腿微屈膝；左手向内滑杖约1/3处夹持。随即两腿伸膝站起；两手环握杖，两臂垂于身体两侧；目视前方（图2-219）。

图2-218

图2-219

右式与左式动作相同，唯左右、方向相反（图2-220～图2-229）。

本式一左一右为1遍，共做2遍。

图2-220

图2-221

图2-222

图2-223

图2-224

图2-225

图2-226

图2-227

图2-228

图2-229

2. 呼吸方法

（1）动作一以腹式呼吸为主。左脚向左后45°方向撤步，同时杖向身体右斜前方引出，上下肢形成大开之势，吸气；右手杖端经头上划圆体前下落杖，同时弓步沉胯，上下形成相合之形，呼气。

（2）动作二以腹式呼吸为主。重心后移成虚步，两手相向滑杖，左脚经右脚后交叉时，吸气；转腰、重心下降成高歇步时，呼气；高歇步抵按承山穴、稍停时，停闭呼吸片刻。

（3）动作三以腹式呼吸为主。低歇步或高歇步做向下、向外、向上绞杖时，吸气；向内、向下内旋手臂、下压杖时，呼气。

（4）动作四起身、开步、向外滑杖时，吸气；一脚与另一脚并拢、手向内滑杖时，呼气。

3. 意念活动

（1）初学时，意想动作规格。

（2）动作技术熟练后，可意守呼吸；或动作一杖向空中划圆、翻身转体时，意想身、杖犹如搅动湖面升腾而起的水中蛟龙；动作三由高歇步转为低歇步时，意在丹田；动作四绞杖时，意想身、杖犹如龙盘深潭搅动湖潭泛起波澜。

4. 技术要点

（1）动作一时引杖伸出与身后撤步，以及杖向上、向后划圆与松沉腰胯、重心下降，均要相反相承、协调对立统一。

（2）动作二时两手一前一后相向滑杖，注意应手不离杖、杖不离身，且与身体重心后移成虚步协调配合，手足相应。

（3）动作二两腿交叉成高歇步时，应边转体边稍伸膝、站起，再沉降重心，后腿膝盖抵按前交叉小腿的承山穴，要准确，停约3秒。

（4）高歇步或低歇步时，百会上领，下颌微收，沉肩坠肘，立腰竖脊，切勿低头、驼背。

（5）体质较弱或患有严重高血压、冠心病等习练者，可选用高位歇步替代低歇步练习。体质增强后，再运用低歇步练习。

5. 易犯错误与纠正方法

（1）动作一向身后撤步落脚明显偏离斜后45°方位。注意平时练习可画出撤步的落脚方位并反复练习，强化形成准确的动作肌肉记忆。

（2）动作一转体成弓步时，两脚同时碾转，身体重心起伏明显。注意应两脚脚前掌依次碾转，即一脚碾转并外展，另一脚碾转并内扣，顺序有先后次第，辗转与转体、立圆划杖协调；转体成弓步时身体重心应保持在同一水平面上进行移动，切勿两腿先伸膝、站立，再屈膝降重心成弓步。

（3）动作二两手相向滑杖时，脱手、掉杖，且与身体重心后移成坐步动作脱节。应加强滑杖等基本技术强化练习，提高对杖的感知和掌控能力；同时注意滑杖与身体重心后移同始同终，即重心后移同时开始滑杖，重心移动成坐步时结束滑杖，做到上下相应、手足相合。

（4）持杖动作演练与呼吸配合不协调，出现憋气现象。应注意待动作熟练后再体验与呼吸的练习，且应强调在呼吸自然运用与单式动作反复操练的基础上，待呼吸与形体动作配合自如后，再在功法练习中予以运用。

6. 功理与作用

（1）高歇步、低歇步动作，两腿交叉如盘绕的蔓藤，再配合转腰下蹲，有助于疏通足三阴、足三阳经脉，激发腰间带脉气血畅通，既具有和胃健脾、舒肝利胆、固肾壮腰的作用，还可以增强带脉"总束诸脉"、健运腰腹和下肢的功能作用，促使人体阴阳交泰、气血冲和、升降开合有序。

（2）弓步、坐步、歇步的交替转换，有利于增强下肢肌肉力量，活动髋关节，提高身体稳定性；与此同时，以杖导引肢体动作，加大了诸关节活动的幅度，有利于提升肩、腰、髋、膝、踝关节的灵活性、柔韧性，促进全身气血畅通运行，增强五脏六腑机能，提高肢体的协调配合能力。

（3）高歇步抵按足太阳膀胱经的承山穴，具有理气止痛、舒筋活络、运化水湿，以及治疗小腿肌肉痉挛、振奋人体阳气等作用。

第七式　探海寻宝

1. 动作说明

动作一：接上式。左脚侧开一步，两脚平行站立，与肩同宽。两臂向体前平举杖至肩高，随即坐腕、屈肘，收杖于两乳下（图2–230、图2–231）。向内卷腕，杖轻贴腹部向下摩运至两臂伸直，上体随之前屈，杖沿两腿前继续向下摩运至脚；目随杖走（图2–232）。

图2-230

图2-231

图2-232

动作二：两腿微屈膝，重心向左微移动，两腿伸直；同时左手引、右手随，杖向身体左侧弧形引导、上举杖，右手停于左肩处，左转体、转头；目视杖的上端（图2-233、图2-234）。随即身体右转转正，两腿微屈膝；右手引杖，左手随之弧形下落；两臂自然垂落，两手握杖放于脚前；目随杖走（图2-235）。

图2-233

图2-234

图2-235

动作三：两腿伸直，同时抬头、塌腰；两臂保持自然舒伸、放松；稍停，目视前方（图2-236、图2-236附图）。

图2-236

图2-236附图

动作四：卷腕，杖轻贴两小腿前向上摩运至膝下时，两腿微屈膝（图2-237）。身体直立，同时杖继续向上沿大腿前摩运至两乳下；身体重心向右腿移动，收左脚与右脚并拢（图2-238）。随即两腿伸膝站起；杖贴腹部向下摩运，两臂自然舒伸垂于身体两侧；目视前方（图2-239）。

图2-237

图2-238   图2-239

右式与左式动作相同，唯左右相反（图2-240～图2-250）。

本式一左一右为1遍，共做2遍。

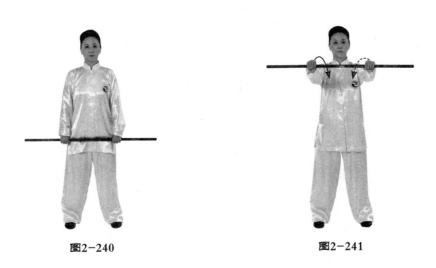

图2-240   图2-241

图2-242

图2-243

图2-244

图2-245

图2-246

图2-247

第二章 健身气功·太极养生杖功法功理

图2-248

图2-249

图2-250

2. 呼吸方法

（1）动作一以腹式呼吸为主。体前举杖时，吸气；坐腕握杖屈收于两乳下时，呼气；两手握杖内卷时，吸气；伸臂、伸腕向下摩运时，呼气。

（2）动作二以腹式呼吸为主。俯背，杖向体侧弧形引导、上举杖时，吸气；杖弧形下落时，呼气。

（3）动作三以腹式呼吸为主。伸膝、抬头、塌腰时，吸气；稍停，停闭呼吸片刻；肢体微放松时，呼气。

（4）动作四以腹式呼吸为主。杖向上摩运时，吸气；杖沿腹部向下摩运时，呼气。

3. 意念活动

（1）初学时，意想动作规格。

（2）动作熟练后，可意守呼吸；或意守潜水于深海探寻并获得"宝物"的意境。动作一时意想俯身入海"寻宝"，动作二、动作三时意想左顾右盼拨开沉积覆盖之物探寻"宝物"，待觅得"宝物"时塌腰、抬头注视欣赏，动作四时意想将"宝物"带出深海而放入"丹田"宝库中保存。这个"宝物"，乃是蕴含天地之精华和人体生命运动所必需的"气"。

4. 技术要点

（1）动作一两臂向前平举杖时，注意虚腋、沉肩、坠肘，节节贯穿，动作连贯；坐腕、屈肘收杖于胸前时，手、腕、肘依次连贯屈曲变化，动作流畅自然。

（2）两手握杖贴腹部向下摩运至腿部到脚部，以杖导引，杖行身随，顺势俯身前屈；同时注意颈、肩、腰脊要节节放松，特别是命门穴要放松，呈自然弯弓状。

（3）左、右转体弧形上举杖时，两手握杖相牵相系，领、随结合。如左转上举杖，左手握杖引领，右手随之；杖下落时，右手握杖下落，左手随之；反之亦然。

（4）动作三抬头、塌腰要充分，同时伸直两腿，脊柱形成反向"背弓"动作；停留片刻后，腰脊要注意放松，与抬头、塌腰时形成紧与松的变化转换，但没有弓背与脊柱涌动。

（5）体弱多病特别是患有高血压、颈椎病等的习练者，前屈俯身动作应量力而行，初练可在保持两膝自然伸直的状态下，轻度俯身做抬头、塌腰等动作；待体质增强、健康提升后，循序渐进，逐渐按照规范要求习练。

5. 易犯错误与纠正方法

（1）动作二转体举杖时，躯干与下肢夹角小于90°，或重心偏移，一腿屈、一腿伸，或头和尾闾未在一个水平面上。应强化本式练习，提高相关肌肉、韧带的灵活性和柔韧性，强化俯身转体、躯干与下肢形成90°夹角动作时的肌肉记忆和空间位置感觉。前屈90°动作定型时，注意竖脊、立项，保持头与尾闾在水平面上成一条直线，两腿保持自然伸直。

（2）举杖转体与转体落杖时，两腿膝关节始终处于僵直状态，动作僵硬。应注意转体上举杖或落杖转体时，两腿均伴随着一屈一伸的细节变化，且与上肢动作协调配合，自然动作流畅、协调连贯。

6. 功理与作用

（1）杖沿两腿向下摩运至脚成体前屈、脊柱反向"背弓"，能有效牵拉膀胱经，刺激督脉、命门、肾俞等经脉或穴位，起到强腰固肾、增强脊柱相关肌肉力量，提升脊柱的柔韧性、延展性和稳定性的作用。

（2）身体前屈状态下，以杖引导向左、向右转体、转头动作，可使人体两胁交替松紧开闭，能激发肝经气血畅通平和，起到调畅气机、舒畅情志、疏肝理气的作用；亦可同时拉伸颈、肩、腰以及整个脊柱，起到滑利关节、松解粘连、缓解肌肉疼痛等功效。

（3）持杖体前反复摩运任脉，加之俯身牵拉督脉，可促进人体任督通畅、心肾相交、中气旺盛。

第八式　气归丹田

1. 动作说明

动作一：接上式。左手伸指、平展，手心贴杖外旋夹持杖，右手松开杖，两臂自然垂放于身体两侧；左脚向左横开一步，两脚平行站立，与肩同宽；目视前方（图2-251）。

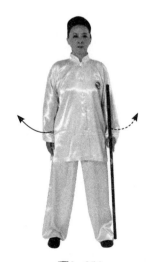

图2-251

动作二：两臂向身体两侧分开至上臂与躯干约成45°角，两手掌心向内。随后两腿微屈膝下蹲；同时两臂向体前合抱至小腹前，两掌掌心向内，十指相对，掌指相距约10厘米；目视前下方，动作稍停（图2-252、图2-253）。

图2-252

图2-253

动作三：两腿伸膝站起；同时两手向丹田处收拢，至距腹部约5～10厘米时向两侧分开，自然垂于身体两侧；目视前下方（图2-255）。

重复动作二、动作三2遍。

图2-254

156

2. 呼吸方法

（1）动作一时自然呼吸。

（2）动作二以腹式呼吸为主。两臂分开时，吸气；两臂合抱至腹前时，呼气；动作稍停时，停闭呼吸。

（3）动作三以腹式呼吸为主。两腿伸膝站起、两手抱气向丹田收拢时，吸气；两腿站起、两臂垂落于身体两侧时，呼气。

3. 意念活动

（1）初学时，意想动作规格。

（2）动作技术熟练后，可意守呼吸，或意想将天地之精华纳入丹田。

（3）动作二的合抱动作稍停时，意守丹田。

4. 技术要点

（1）头正颈直，含胸拔背，沉肩坠肘，松腰敛臀，保持立身中正、精神放松、呼吸自然。

（2）动作二停闭呼吸的时间因人而异，切忌时间过长产生憋气，一般以2～3秒为宜。

（3）左手夹持杖，虎口轻贴住杖，手型勿僵硬，以能保持动作不变形即可。

5. 易犯错误与纠正方法

（1）左手夹持杖，出现耸肩、上提前臂现象。注意始终保持沉肩坠肘、肢体放松的锻炼要领，还要注意选择长度适宜的器械，切勿过长或过短而影响锻炼效果。

（2）两臂向腹前合抱时，动作速度过快。注意动作应缓慢均匀、圆活连贯，方利于与深长匀细的腹式呼吸、绵绵若存的意念活动协调配合，进入三调合一的身心境界。

（3）两腿屈膝下蹲时出现夹裆、跪膝现象。注意两膝垂线始终不可超过脚尖，并做到竖脊立腰、圆裆松胯。

6. 功理与作用

（1）丹田通五脏六腑、十二经、十五络，是人体生命活动的枢纽。古人认为，用心意集中于丹田，先吸后呼，一吸百脉皆合，一呼百脉皆开，呼吸往来而百脉皆通，气血畅通，则百病皆除。故练此式可培育人体元气，贯通经脉气血，增强脏腑功能，扶正祛邪，调整阴阳，使人体健心安。

（2）利于协调脏腑气机，调整人的情绪，提高呼吸功能。

收势

1. 动作说明

动作一：接上式。收左脚与右脚并拢，自然站立；目视前下方，稍停（图2-255）。

动作二：杖下端向上转动180°贴于左臂后；目视前下方（图2-256）。

图2-255   图2-256

2. 呼吸方法

自然呼吸。

3. 意念活动

意守丹田。

4. 技术要点

（1）动作一收左脚与右脚并拢站立时，先身体重心慢慢移向右腿，再收左脚至两脚并拢，并将身体重心移至两腿之间。

（2）百会上领，下颌微收，沉肩坠肘，松腰敛臀，两膝自然舒伸，两脚心虚空，脚趾轻轻抓地，保持中正安舒、心神宁静。

（3）精神集中，意守丹田，静养片刻。

5. 易犯错误与纠正方法

漫不经心，草率收功。练功不收功，到老一场空。应充分认识收功对于功法锻炼的重要性，并悉心体会收功的内在要求和练法。

6. 功理与作用

（1）由动而静，复归于无极，进一步巩固练功效果。

（2）由练功状态逐步恢复到日常状态。

健身气功·太极养生杖

第三章

健身气功·太极养生杖

学练指导

学练指导，包括学与练两个方面。学，有很多途径；练，也有很多方法。然而，不论是学练基本技术、站桩筑基，还是学练整套功法技术、体悟功法内涵等，都应遵循由易到难、由简到繁、由术而道的学练规律。只有掌握和运用学练的规律，加上循序渐进、持之以恒的学思践悟，才能由康健身心而渐达登堂入室之门，使太极养生杖成为祛病强身、修心养性、涵养道德、感悟真谛的重要法宝。

第一节　学练方法

太极养生杖糅合多种器械健身的方法和诀窍，动作势势相成、环环相扣，古朴大方，气势洒脱，神意自如，技法丰富而含有窍要，风格鲜明而富有活力，内涵深厚而独具特色。要想真正掌握太极养生杖的技法窍要和演练技巧，领悟其独特的运动风格、身法杖法、呼吸意念和健身养性的奥妙，需要知晓科学的学练方法，并在知行合一中逐步提升。

一、培养兴趣，熟悉器械

太极养生杖，两手握杖，相牵相系，即一手动必然牵动另一手，进而牵一发而动全身，这对人的手、眼、身、步的协调配合要求比较高。对大部分习练者而言，需要较长时间的练习才能打通手与杖的陌生感，建立起人体使用器械、操控器械的基本能力和专项素养。学练太极养生杖伊始，通过简便易行的摩运、划圆等基础技术练习，在熟练器械、掌握器械运动规律的同时，建立对功法学练的兴趣，这是一个非常必要的阶段。

孔子说："知之者不如好之者，好之者不如乐之者。"兴趣，是学习最好的老师，可以极大地调动习练者的积极性和主动性，让习练者快速进入太极养生杖锻炼之门，并不断提高学练水平和质量。实践充分表明，只有先让初学者持杖动起来、练起来，在轻松愉快的身心状态下不断体验太极养生杖锻炼带来的乐趣，才能引导初学者持续、深入、系统地学练该功法。相较于徒手运动，刚刚拿起器械学练太极养生杖，初学者普遍都会感到比较新鲜，愿意尽快多学一些健身养生的"花样"，让自己更好地"舞弄"起太极养生杖。此时，可借机多学练一些太极养生杖的基本技术，使学练者通过眼看、耳听、身动、体感等充分调动学习体验，进而有效激发、满足和培养初学者学练太极养生杖的兴趣。

随着学练的基本技术越来越多，可将重点逐渐放在体悟其对人体健康有益的练习技巧上。本功法针对现代人常出现的颈肩劳损或肌肉僵硬，以及腰酸背痛等常见病症，充分发挥行杖按摩、持杖划圈等基本技术的操作练习，加强了对人体颈、肩、肋、腿和中焦、下焦、肋胁等部位按压、摩运等良性刺激。通过悉心体悟不同基本技术的操作要领，会更加强烈地感受到功法对人体不同部位的良性刺激，增强意识对杖的感知力、掌控力，在提升基本技术练习质量的同时，起到缓解颈肩疲劳、促进疏肝利胆、通畅经络气血等诸多作用。由基本技术提升带来的获得感和身心良性变化带来的愉悦感，自然会激发习练者更高的学练兴趣。假以时日，经过一段时间的磨合，人与杖的关系变成学练者手臂的延伸，变得"如身使臂"般熟悉和协调。

马克思说："人的本质是一切社会关系的总和。"推动社会历史进步的最终动力是人的社会实践活动，社会历史之所以表现为不断进步，原因在于人的实践是不断发展的，实践能力和水平是不断提高的。同样，功法学练水平不断提升的关键，也是习练者反复实践练习的结果。因此，通过变换不同的组织练习形式，如采取两人互相纠错练习、集体演练等，可以与其他习练者在互动交流中，不断提高学练的兴趣和学练的质量。再如，艄公摇橹的弓步、虚步的摇转练习，两人可面对面同握一根杖，一人上步、另一人退步反复进行艄公摇橹练习，就很容易激发学练者的学习兴趣，而且学练者一看就懂、一学就会，进而在身心放松的状态下，体会到太极养生杖的手、眼、身、械的协同性与呼吸的紧密关联性，培养了兴趣，提高了学练质量。

二、站桩筑基，正形调气

俗话讲"根深才能叶茂"。站桩，则是让习练者功夫"根深"的重要手段，能为调身、调息、调心"三调合一"的身心境界打下坚实的基础。因此，习练者首先应在思想上高度重视桩功锻炼的重要性，并树立将站桩训练贯穿练功始终的决心和恒心。太极养生杖的站桩练习，主要由夹持桩、虚实桩、抱元桩3个桩功构成。通过站桩练习，可以增强下肢肌肉力量，塑造正确的身形姿态和间架结构，为学练太极养生杖功法打下良好的身形素质基础；亦可感悟和体验功法"三调"锻炼之间相互影响、相互制约的技术要求，体悟形正则气顺、气顺则意宁、意宁则身正的练功要诀，不断提高练功的能力和水平；还可对避免学练功法中出现的呼吸不畅、间架结构不正、静不下心来等奠定坚实的基础。

　　站桩，首在练形，养成中正安舒的正确姿态。古谱曰："尾闾中正神贯顶。"因此，中正安舒既包含对习练者外在身形的要求，也蕴含着对习练者精神意识的要求，实际强调的是身与心的合一。做到中正，站桩中必须反复对头、颈、肩、肘、手、胸、背、腹、腰、胯、臀、膝、脚等身体部位进行调试，使之做到虚灵顶劲、立项竖脊、含胸拔背、沉肩坠肘、虚心实腹、松腰敛臀、坐胯圆裆、松膝平踏等练功要求，建立起正确的身体间架结构。做到安舒，站桩时必须要强调精神的宁静、形体的放松。既可以将意念集中在站桩的姿势上，也可以将意念集中在体会呼吸的进出变化上，还可以把意念集中在相应的穴位上，这样可以使神意内守于自身而不外驰，慢慢地就会进到"拳无拳，意无意，无意之中是真意"的境界。与此同时，把肌肉、肌腱、韧带、筋、膜、关节乃至内脏都要放松下来，但是，放松并不是松懈，而是松而不懈、紧而不僵，如此就可做到形松意充，使放松的形体得到更多气血的充养，获得康健身心的锻炼效果。

　　站桩，需要把握好练功的方法和火候。初学者站桩，可以对着镜子进行练习，利于及时调整头、肩、肘、腰、胯、膝等部位错误的动作形态，逐渐形成正确的身形姿态。然而，总对着镜子练习，容易分散注意力，削弱专注于自我的意念活动，降低了对体内气血的体悟感知，不利于形成形、神、意、气的记忆。所以，在基本掌握身形要求后，必须脱离开镜子这个练习的"拐棍"，加强独自站桩的强化锻炼。每一次练功可以选择一种站桩进行练习，也可以选择不同桩进行组合练习。随着体

第三章　健身气功·太极养生杖学练指导

质、素质、功力水平的提升和对站桩理解的加深，习练者就可以根据练功目标，或所要解决的难题等安排不同的站桩锻炼。当然，每次站桩锻炼都要把握好适当的火候，这个火候不仅包括对意念、呼吸的运用强度要适度，而且对站桩的高低、时间的长短等，也要因人、因时而定，切不可盲目加大强度、难度进行站桩练习，应以不感到疲劳、身心舒畅为评价标准。

三、夯实基础，技礼并重

功法基础练习，是学练、掌握太极养生杖功法的基础。因此，无论是面对面跟着老师学练功法，还是通过教材、视频等途径学习功法，学练者均要高度重视功法基础练习。太极养生杖的功法基础练习，主要由手型、步型、杖法、呼吸、意念、站桩、器械练习等构成。

功法基础练习时，学练者应注意由易到难、由简至细，最后又由精细回到简约。首先，原地基础动作练习。如原地行杖按摩身体各部位，以及持杖进行各个方位的圆转动作。其次，在移动中进行基础动作练习。最后是滑杖、旋杖、卷旋等基本手法练习。学练者可根据自身实际，通过原地练习、行进间练习，以及个人练习、两人练习、集体练习等多种形式进行练习，中间还可穿插站桩筑基练习，让学练者寓学于乐，从基本手型、步型、杖法、步法，再到持杖专项技术，循序渐进地掌握、提升功法基础技法的质量。

练功实践中，学练者常常存在"耍杖""练棍"的练习误区，即以杖为习练对象，思想过分专注于杖的操纵，致使握杖手臂僵直，周身紧张不协调，人与杖二者成为管束与被束缚的对立关系，极大地影响了学练者对太极养生杖基本技术的正确掌握。持杖练功，要将手中器械化为身体肢体的延长，使杖与肢体化为一个整体进行协调运动。当然，持杖练习肯定要比徒手练习对人体协调性的要求高，这需要学练者花费一定的时间去了解和熟悉器械，才能逐渐达到人与器械协调运动配合。现实中，有些学练者急于求成，不够重视持杖基础练习，甚至省略了这一必要的基础技术练习环节，开始直接学练功法套路动作。由于缺乏对器械的熟悉，客观上很容易造成人与杖"互耍"的对立关系，反而制约了对太极养生杖功法技术的真正掌握和领悟。还有些学练者对手中的练功器械有些不太在乎，常常临时随意地拿一个替代品练习，这无形中也会影响学练者对功法动作技术的掌握与感受，进而影响学练效果。

《大学》曰："自天子以至于庶人，壹是皆以修身为本。"所谓修身，即端正自己的内心，心怀敬畏之心，敬畏天地、文化、师者、功友、功法、自己。在学练太极养生杖的过程中，器械选择、持拿方法和放置的位置都体现着习练者的修行气度。提高练功水平，不仅要着力提高功法技术质量，提升功法技能水平，还要注意礼规，通过练功与学礼、练功与做人正确关系的处理，促使学练者技礼并重，心性升华，获得涵养道德、修心养性的功效。平日练功中，师生、功友之间的持拿、递接杖的方式，注意倡导平等、尊敬；功友之间，提倡互帮互助和共同提高，体现仁者爱人的理念；对于杖械，爱杖如爱己，彰显对功法的热爱，对中国文化的敬畏。从学练太极养生杖功法伊始，学练者就要树立功法技术学练与遵循礼仪并重的理念，学会敬人、敬己、敬文化。知礼、守礼和执礼，既在练功之内，又在练功之外，修身养性无处不在，才能提升练功水平，升华身心境界。

四、树立规范，体悟明理

太极养生杖功法，以太极为宗，阴阳为法，通过持杖技法练习这一媒介，起到健身作用，领悟传统文化魅力。若想学练好太极养生杖功法，既要树立功法技术规范的意识，重视每个功法技术的手、眼、身、法、步、杖、神、意、气的要求，严格按照功法技术要领和方法进行练习；也要树立练功明理的思想，重视心感体悟，重视功法深刻内涵的体悟。只有做到明理练功，练功知理，理法并重，知行合一，既知其然，又知其所以然，才能充分发挥太极养生杖功法的积极作用，在身心境界提升和领悟传统文化内涵奥妙上取得显著成绩。

太极养生杖功法，手型有俯掌、仰掌之变，持杖有环握、夹杖之别，手臂有内旋、外旋之分，步法有上步、退步之异，功法技术的升降、开合，功法动作的欲上还下、欲左还右、内外映照等，无不处处体现着阴阳对立的思想内涵，刻画着循环无端、技法无穷的阴阳变化的主旨内涵。学练者需要悉心揣摩、反复实践。例如金龙绞尾，斜后撤步与向斜前引杖前伸；杖向上翻转、划圆与人体重心向下沉降；两手的一手向杖前端滑动，另一手向后滑动，与下肢重心向后移动呈相反相承等，都体现着阴阳既对立又统一的整体运动思想。在动作之间的起承转化上，动则（阴阳）分，静则（阴阳）合；持杖圆转四面、八方，则呈现出了周而复始的太极圆运动特色。俗话说，"功夫在诗外"。学练太极养生杖功法亦不例外。古今练功实践也充分表明，越是功法锤炼到一定层次，越需要加强对中国传统文化的学习和感悟。懂得传统文化的思想精髓，并在实践中反复体证，对于功法技能的掌握、心性修养的提升至关重要。因此，一个注重功法实践、注重涤除私心杂念和修养大德的学练者，自然能够领略到传统生命文化的高深境界。

第二节　习练要领

学练太极养生杖功法的过程，是人体生命运动状态向优化、有序方向变化的过程。这个过程转化的快慢，既与学练者的身体健康状况、年龄大小、文化基础等因素有关，更与是否掌握、遵循习练要领关系密切。习练太极养生杖功法，应重点掌握以下习练要领。

一、心静体松，身械合一

心静体松，指习练者在练功时既要做到内心恬淡宁静，也要做到形体放松。"宁静"之"静"字，古文为"竫"。《说文解字》曰："竫，亭安也。从立争声。""争"，甲骨文作✍，像两手在争夺一个东西；"立"，为站立不动之人。故"竫"字，本义为停止争斗以得安宁的意思。争斗含有两层意思，即与别人相争和自己身心相争。停止一切争斗，才能获得安宁。在练功过程中的静，指练功时排除所有的内外争斗（包括身心的对抗、心猿意马、情绪波动），保持身心平和、通泰舒畅。《黄帝内经》说："心为五脏六腑之大主，心动则五脏六腑皆摇。"心神平和而专注，则五脏六腑各司其职，通泰舒畅，这种状态体现在外表上，则是容愉而体松。所谓"松"，实际应包括形体和精神两方面的松。松，不是肢体的松懈、倦怠，而是指动作伸展之中包含着松沉或沉坠，且在圆转、屈收动作中游刃有余；松，在神情、意识上，不是昏昏欲睡，而是意识清醒，是肢体舒伸与内心宁静的结合。形体上的放松，主要指肌肉、肌腱、韧带、关节乃至内脏等处于舒展自然状态，与肢体关节部位的相应对抗肌肉群、肌腱也处于稳定、对等的适度紧张，形成一个动态平衡状态。在身心放松状态下，两手握杖，杖行身随，在升降、开合的持杖运动中，既增加了形体的运动幅度，又带动了全身肌肉、经络参与运动，利于调和脏腑的气血运行，提高功法健身锻炼的效能。

身械合一，指行杖过程中身与杖要相互协调，形体动作与运杖使杖应融合一体。太极养生杖功法，以人体的形、神、意、气为锻炼核心，外延其形、外拓其意、外展其神，挥杖成套；以形体动作为基础，熟悉杖法，延伸肢体，杖为己身，以身驭杖，相随成势，促进调身、调息、调心的三调合一。演练时，尤注重心息相依，以心运手，以手使杖，轻灵柔和，绵绵不断。在技术上讲究杖法清楚准确，动作刚柔相济，吐纳深长匀细，神意宁静恬淡，神、意、形、气、杖完美相融，周身各处神妙相随，达到人杖合一的身心境界。持杖练习与徒手练习不同，行杖过程中手腕、臂肘的旋动和腰脊的拧转、圆转，既要保持细腻、优美，还要放大动作、延伸肢体，以适应运动中杖在时空上的延展或延续，进而逐渐去除人与杖在运动中的对抗力，使得身与杖协调配合。熟练功法动作后，在身法的协调配合下，行杖时应注意快慢相间，活跃不轻浮，厚重不呆滞，动作轻灵柔和，势势相连不断，表现出内外合一、形神兼备的运动风格。正所谓，天生人臂关节三，手执长杖四节添；君若练习太极杖，先过手中一大关；双握分清主与辅，转换灵活求自然；唯有执杖技纯熟，方法才能得施展；杖法微细莫轻视，身手腿法要练精；千回万遍多演练，功到熟时巧自生；神形兼备六合处，人杖合一方为妙。

二、圆转四方，枢在腰间

圆转四方，指太极养生杖功法从预备势至收势的整套功法演练，其行杖走至四面八方。四面八方，即东、东南、南、西南、西、西北、北、东北八个方位，与震、巽、离、坤、兑、乾、坎、艮八卦相应。《周易·说卦传》曰："帝出乎震，齐乎巽，相见乎离，致役乎坤，说言乎兑，战乎乾，劳乎坎，成言乎艮。万物出乎震，震，东方也。齐乎巽，巽，东南也……艮，东北之卦也，万物之所成终而所成始也，故曰成言乎艮。"这里所说的是后天八卦的方位关系。太极养生功法通过动作方位的不断转换，对应着八卦的八宫八方进行锻炼。圆转四方，主要体现在步法、身法、眼法、杖法四个维度的八个方位，有时四维同向，有时四维多向。总而言之，以杖为引领的运行轨迹，是人的意、气、劲内在运行变化的外部体现。四面八方的圆转运动变化，是太极图像与阴阳理念的动态表达，也是天人合一思想的具体体现。

太极养生杖功法，虽然动作千变万化、行杖四面八方，但机枢在腰。脊柱是人体架构支柱，腰椎是承接人体上下劲力与重力传递、转换的关键部位，是脊柱屈伸、拧转的枢纽关节或纽带。行杖圆转四方时，百会上领、竖脊松腰、敛臀坐胯，尤其要注意以腰轴进行运动。腰为枢纽有两层含义；一是腰部的放松是全身四肢百骸、五脏六腑放松的关键；二是做动作时应以腰主导一身的运动，即古人所说的"力发于足，主宰于腰，形于四肢"。如风摆荷叶这一式动作，杖向体侧划圆成体侧屈，手臂由屈到伸，肩胸由含到展，躯干一侧屈、一侧伸，百会上领、松腰敛臀；当杖向头上举时，腰为轴枢，脊椎竖起，牵动、刺激着循行于肢体中经脉的气血运行。经脉所属，脏腑所主，相关经脉气血的加强，影响着所属脏腑机能调整。太极养生杖以腰为枢的技术要求，显然是为了加强腰部的运动锻炼。中医认为，"腰"为肾之府，肾为"精之所舍"，肾中藏有元阴、元阳化生的元气，注于气海而滋养全身。另外，腰为支撑人体的重要支柱。腰部放松，可以使腰部气血流通，灵活地做出各种动作；以腰为枢纽进行周身运动，还可增强肾的功能，使人元气充足，而达于四肢百骸，濡养五脏六腑，故练功强调"命意源头在腰隙"。值得注意的是，练功过程中不少人容易形成塌腰的动作，体弱多病者更易塌腰，如此则既影响丹田的蓄气，也容易阻滞气血循经运行，造成阴阳升降失衡，浮阳上腾于面，使人多呈满面红光而欠涵蓄的表象，不知者还以为练功有成而沾沾自喜，实则是阴阳失衡所致，极易造成呆滞、头晕、眉间闷胀、背部酸疼等不良反应，应及时加以纠正。由此可见，本功法强调腰为轴枢，既符合人体运动学的要求，利于高质量完成各种功法动作，又符合人体经络学等主旨，凸显腰为肾之府的健身价值。

三、环握夹持，卷提摩运

本功法以环握、夹持为主要手型进行练功走架。环握，五指屈曲握杖，拇指搭于食指第一指节上环扣为实，掌心要空，不可掌心紧贴杖上握实或握紧，注意掌心要虚空。夹持，夹杖的虎口处为实，虎口贴住杖，手指自然舒伸，掌心虚空，夹杖不要太用力，以杖不掉落即可。环握、夹持、托杖等手型的收放与屈伸变化，体现在动作与动作之间起承转合的细节上，影响并促进着习练者深、长、匀、细的调息运动。一张一弛不同手型的变化，要与呼吸吐纳的转换变化相协调统一。《素问·阴阳应象大论》说："阴在内，阳之守也；阳在外，阴之使也。"环握、夹持等手型的一实一虚、一阴一阳的变化，也是阴阳思想的具体体现。杖转换运动时，应注意手不离杖、杖不离手，阴不离阳、阳不离阴，双手相牵相系、协调配合，才能身杖合一、周身协调运动。

太极养生杖的杖法形式多样，包含有卷提、旋杖、卷旋、旋腕、摩运等。两手握杖的卷腕、翻腕、舒伸、旋腕等动作，均应有意识地突出手腕屈、伸、旋、转等动作，如此可加强针对腕部太渊、大陵、神门原穴与手臂循行经络的刺激。原穴，是脏腑原气经过和留止的腧穴。中医学认为，元气源于肾间动气，是人体生命活动的原动力，其通过三焦运行于五脏六腑，通达头身四肢，是十二经脉维持正常生理功能的根本。十二经脉在腕、踝关节附近各有一个原穴，合为十二原穴。本功法设计有诸多的旋臂、旋腕、脚踝屈伸等动作，主要目的之一就是规律性地刺激腕踝关节附近的原穴等穴位，通过持杖练习的外动内引，实现调节脏腑经络的功能，从而发挥其维护正气、抗御病邪的作用。太极养生杖针对中焦、下焦的持杖按摩，以及针对肝经、胆经、冲脉的循经摩运，同样旨在加强对人体脏腑经络的功能调节。如持杖反复摩运中焦部位，可以起到调节改善脾胃功能的作用。中医学认为，脾胃是后天之本，肾为先天之本；肾精因脾的运化得以滋养，而脾之运化又赖肾阳以温煦，二

第三章 健身气功·太极养生杖学练指导

173

者在生理与病理上均密切相关，人之先天与后天相辅相成，共同完成人体复杂的生命活动。当持杖摩运改善了脾胃功能的时候，实际上对先天之本的肾也有补益的作用。持杖运动时应注意加强呼吸的配合，通过以形导气、以气运形的形气协调运动，可有效增加卷提摩运的作用效果。如手腕向上卷提时，配合吸气；向下舒腕摩运肋胁、按压肩井，配合呼气等，既加强了习练者呼吸运动，吸纳天地之精气充于体，也可气助力行，强化持杖摩运的作用。

四、杖引身随，以意创境

杖引身随，即练功时要以杖为前导，身随杖走，而不能反过来杖随身走。以杖导引，杖通阴阳，是太极养生杖功法的灵魂所在，其练形、健身、塑体、导气、宁神等健身效果的获得，均是借助这根杖来达成的。初学太极养生杖者，容易产生一种错误的观念，即特别想把杖掌控好，让杖听从自己双手的指挥，故往往双手牢牢握住太极杖，造成持杖运动的紧张生硬。这种练法违背了杖引身随的练功要领，而错误地运用身引杖随，必然会造成身与杖的不协调和动作的生硬。杖引的重要作用是延长气血导引的路径，从双手延展到杖梢，使人的形体动作更加舒伸饱满、气势更加宏大。要想做到这一练功要领，除掌握基本的功法技术外，还需在调心练意上建立一种主从关系，即运、行杖中犹如杖有了自我的意识，能够主动地导引形体动作，而形体则成为被运动的对象，这有点像太极拳中的"随劲"，做到随曲就伸而无过不及。当然，保持身形的中正安舒，是杖引身随的基础，不能为了做到随杖而行，而破坏人的身形姿态，使身形歪斜、随意或任意地摆动。形正则气顺、势整，气顺则神宁，心静神宁则是做好杖引身随的重要保证。练功过程中，无论是开步、并步、进步、退步，还是持杖圆转、摩运等运动，均运用以杖引身的练功要领持杖走架，反而更容易放松形体、拓展意念、导引呼吸，达到导气令和、引体令柔、精神内守的健身作用。以意引领、意到气到，将影响着杖引身随的最终达成。练功行杖时要有气，但不要执着于气；以意行杖，在意不在气，在气则滞。因此，在行杖走架过程中，无论是手型的环握与夹持的一屈一伸变化，还是步法的一进一退，杖的圆转、升降等，都是意在先，杖引身随，自觉运用意、气、形的相互影响关系，才能获得更佳的练功效果。

以意创境，指形体动作将动未动之时，意念已经有了身心境界的创设，人体气血也随之开始调动运行；或者说意境的创设要走到气的前面，气又走到形体动作的前面。象形仿生这一功法特点，很容易使习练者的意识融于创设的各种情境、意境之中，随境而心动，心动而气随，气随而杖起。本功法每一式的动作和动作名称，基本都与水有关，创设的意境优美和谐、心意开阔，令人容易心生愉悦、心理积极。例如艄公摇橹、轻舟缓行、风摆荷叶这些动作，是人们熟悉的生活场景，极易调动习练者的心理想象力，将自身置放于曾经体验过或憧憬过的生活场景，让人在其中自由自在、逍遥愉悦地行杖练功。意境，是主观思想与客观环境在审美过程中的统一，由形、神、意、气融合而成。因此，伴随着身心的仿生象形运动，可以调动人们的丰富想象力，或犹如泛舟在宽阔、平静的湖面上向远眺望，或融于水天之间忘掉杂念欲想，使人淡泊情志、心神归一。随着各势动作创设情景的转换，人体气机随之开合升降，持杖动作也随之有序地屈伸、俯仰，导引人的意念、呼吸和形体动作渐达三调合一的身心境界。需要提醒习练者持杖练功时，心神越是宁静专一，感知引动的气机就会更加精细，循经运行则更加顺畅和有序，利于持杖走架动作的准确到位。杖引身随、以意领气，在美妙的创设意境中，其意微微，其息绵绵，意气顺达。

五、协同呼吸，内外相合

太极养生杖功法，行杖与杖法的变化，都是围绕健身练体、调身炼气、调心养神进行，三者相辅相成、不可分割。在缓慢、圆转的运动变化中，体现起吸、落呼、开吸、合呼的呼吸运用规律。当杖向上举托时，上举、上升的动作，要自然地配合吸气，这时也要注意同时松腰、沉胯，下半身含有向下的沉坠劲，形成上下对拉的矛盾力；当杖下降、沉落时，要自然地配合呼气，这时应同时注意百会上领、沉肩坠肘、气沉丹田，同样保持上下对拉的矛盾力，只是下落、沉落成为动作的主体。手向外滑杖、开手时，要自然地配合吸气，而向内滑杖、合手时，要自然地配合呼气；当步法由合到开步时，要自然地吸气，而由开步到合并步时，则要自然地呼气，充分体现开吸、合呼的形体动作与呼吸吐纳的配合规律。太极养生杖动作舒展流畅，练形调息的变化，蕴藏在动作起承转合时手型、手法、身法、步法等变化与配合中，需要习练者细心揣摩体悟，总结适合自身的练功规律。通过举、托、滑、落和升、降、开、合运动，以及意念、意境的创设运用，既调形练身，又调息练气，还调心养神，体现了功法锻炼优化形、气、意三位一体的整体生命活动的本质特征。

内外相合，即太极养生杖虽然杖行于外，但气动于内，以意行气，外导内引，内引外动，内外合为一气、浑然无间。"达摩西来一字无，全凭心意用功夫"。太极养生杖归根所练在于神意，用来增强人用意识控制自身形体的能力，故云神意为主帅，身杖为驱使。神意与身杖相合，气自然孕育其中，周身亦能内外相合。在本功法中，杖就似一把标尺或标杆，充当着定位肢体运动到位与否的参照坐标，决定了形体的运动路线、运动幅度和运动方位。行杖于外，不仅规范着形体动作的准确到位，而且为人体气机运行通畅提供了形体基础。古谱云，"精神能提得起，自然举动轻灵"。持杖练功，不外虚实开合。所谓开者，不但手、足、杖要开，呼吸、心意亦与之俱开；所谓合者，不但手、足、杖要合，呼吸、心意亦与之俱合，正所谓手动、腰动、足动、杖动，神意亦随之动；一动无有不动，一静无有不静，周身相随为一整体，方是内外相合之境。太极养生杖初期练功，以杖规范肢体动作。动作技术熟练之后，则每一个动作均应在神意的指挥下，逐渐实现以内带动身杖运动和"内外相合"的练功要求。到此地步，身杖随意动，意动身杖随，则运用变化自如，一举一动自然能达到浑然一体的境界。从健身养生的角度来看，持杖练功能做到神形相依，神意内敛，内外相合，可使习练者达到周身通泰、身心处于阴阳平衡的练功状态，自可充分发挥人体的生理、心理自我调节之功能，起到祛病强身、修身养心的锻炼目的。

第三节　练功阶段

太极养生杖功法由若干个动作组成，每个动作都包含方向路线、功架结构、劲力节奏、呼吸吐纳、意气神韵等要素。学练太极养生杖，应根据动作技能形成的生理和心理学规律，分阶段、分层次地掌握功法。从初学到熟练掌握功法，一般分为三个相互联系、螺旋变化的练功阶段。

健身气功·太极养生杖

一、调身练形、掌握动作阶段

练形正体是基础。这里的形是指人的身体结构和姿势，而姿势又包括静止和运动时身体的状态。身体结构主要是指构成人体的有形的物质部分，如骨、关节、肌肉、五脏、六腑、血液、神经等。人体身形姿态是否端正，身体结构的对称、平衡，与人的先天遗传、后天习惯或塑造等关系密切。人体形体的不对称、不端正，其实质是人体骨架构造失衡的外在表现，会直接影响人体内部的组织、器官，甚至系统功能的正常发挥。身体形态不对称、不端正多是后天不良行为姿态习惯所造成的。所以，对身体的筋、骨、皮、肉进行锻炼，不断矫正，塑造对称、平衡的身形，是实现强身健体的第一步。《黄帝内经》认为，"骨正筋柔，气血自流。"调身练形的首个目标，即在于调整身形至中正安舒的练功状态。倘若练功身形歪斜或左歪右靠，必然会导致身体相应部位的气血处于被挤压、阻隔不畅的状态，长期如此自会造成气血供应不佳，影响脏腑有关机能正常发挥。

调身练形，还要注意掌握规范的功法动作。练功初始，要着力加强基础练习与站桩筑基的锻炼。基本技术练习，是熟悉器械、掌握技法的重要手段。首先，进行原地卷杖、滑杖，以及平圆、立圆、摇转等不同路线、方向的划圆练习；其次，强化站桩筑基的练习。从基本身形做起，逐渐形成中正身形的动作记忆。当然，起始站桩，选择哪个桩、站多长时间、站得多低等，要因人而异，根据自己的实际情况确定。然后，从单一的杖法、步法过渡到组合练习，直至学习整套功法动作。通过大量、反复的强化练习，不断提高手、眼、身、法、步、杖的协调配合能力，持续强化身形的中正安舒，并及时纠正练习中的错误。这个阶段的反复练习，要注意认真记忆功法动作，特别是功法动作的起止点、运动路线和定势动作的造型，对呼吸、意念可不做要求，顺其自然即可。

这个阶段由于大脑皮质处于泛化阶段，对形体动作缺乏控制能力，练习中往往顾此失彼，肌肉紧张僵硬，动作不协调，并会出现多余或遗漏的动作。因此，此阶段实践练习要学会慢练动作，在缓慢的练习中才有充分的时间用心记忆和体会动作，逐渐使功法动作符合规范，持杖运行符合章法，定势姿态工整端正。俗话说，学拳容易改拳难。调身练形阶段只有按照功法动作的规范和标准，每一招每一式均准确到位，夯实了塑形学法这一基础，形神意气的深度融合方才有了可能。切忌贪多求快、急于求成，动作尚未规范，就开始探寻呼吸、意念的深化，其结果往往是本末倒置，欲速则不达。

二、调息练气、掌握要领阶段

呼吸对于人的生命至关重要。《庄子·知北游》曰："人之生，气之聚也。聚则为生，散则为死……故曰'通天下一气耳。'圣人故贵一。"中国传统健身养生文化中，有"生命就在一呼一吸之间"的说法。中医认为，呼出心与肺，吸入肾与肝，停顿则是脾为之斡旋。同时，一吸脉行三寸，一呼脉行三寸，呼吸定息脉行六寸。呼吸吐纳时，人体的毛窍气机也随着开（呼）、合（吸），气息亦随之变化，进而完成人体内外气体的交换，推动水谷精微的吸纳和对五脏六腑的濡养，维持生命机体的正常运转。随着功法技术动作的熟练，可进入调息练气的练功阶段。此阶段的核心任务之一，就是形体动作和呼吸吐纳按照起吸落呼、开吸合呼的规律进行锻炼，以此强化呼吸吐纳对提升人体生命活动的作用。通常情况下，人体由屈蹲到站立，往往伴随着吸气；身体重心由高位到沉降的屈蹲，往往伴随着呼气；四肢、躯干的开展、舒伸动作，常常会配合吸气的过程；而屈曲、回收的动作，则是配以呼气。在缓慢、柔和的持杖功法练习中，通过形体动作与呼吸吐纳的相互依托、相互引导，可以更好地实现调息练气的目的。

对于调息练气，本功法的要求是进入深、长、匀、细的呼吸状态，气息绵绵若存，并与形体动作协调配合。若要达到这个目标，首先，学会功法锻炼中各种不同的呼吸方式，尤其要强化腹式呼吸的锻炼，使之通过专门练习达到深、长、匀、细的状态，且逐渐成为自然而然的呼吸方式。其次，在持杖练习中不断感知呼吸吐纳与形体动作配合的规律。即把功法演练的速度有意识地放慢，以更加清晰地用心感知呼吸吐纳与形体动作配合的细节和转换的关键点。如做艄公摇橹动作时，要留意何时是吸气，何时是呼气，呼吸的深度、速度多少为宜。值得注意的是，此时有的习练者会有意或无意的存在憋气现象，也有的习练者会刻意追求深、长、匀、细的呼吸状态，以求得与形体动作的配合，这都违背了顺其自然的练功原则。呼吸吐纳与形体动作的配合练习，应该建立在呼吸顺畅、自然的基础之上，当呼则呼，该吸则吸，绝不可机械地理解为——对应的呼吸配合方式，在气则滞的练功警示应该铭记。因为，每个习练者的肺活量大小不同，肺活量越大，就越容易与形体动作配合的好；而肺活量较小，可能未来得及做完形体动作，呼吸就已经需要转换

健身气功·太极养生杖

了。因此，无论肺活量多大或多小，深、长、匀、细的呼吸均应以自然、顺畅为尺度，且不可强呼、硬吸到极致，一定要留有余地。此阶段可以结合简单的典型动作，按照升吸、降呼，开吸、合呼的规律予以强化练习，逐渐使深、长、匀、细的腹式呼吸（顺腹式呼吸、逆腹式呼吸），与升、降、开、合形体动作达成完美的协同运动。

练功至此阶段，在熟练掌握功法规范动作技术的同时，应将诸多习练要领在功法演练中充分体现出来。默识揣摩、践行体悟是重要的锻炼方法。首先，在练功中用心感知是否做到身形的中正，是否以腰为枢纽带动四肢百骸和杖进行周身运动，呼吸吐纳是否深、长、匀、细，精神意识是否集中饱满，手眼身法步杖是否劲力顺遂等。凡是发现不自然流畅以及不合乎规矩和要求之处，应及时予以纠正。如此时时刻意留心体悟，反复实践默识揣摩，必会逐渐做到举手投足合规，周身运动合法。其次，注意体现太极养生杖功法的特点，通过人与杖、身与心、形与意、意与气、呼与吸、动与静、内与外、升与降、虚与实、养与练等关系的处理，把本功法特有的神韵、节奏、劲力、风格等淋漓尽致地展现出来。

此阶段，通过将呼吸吐纳融入持杖练习之中，加之注重诸多习练要领的掌握和内化，能使动作前后衔接更加紧密，动作转换细节更加清晰，全身各部位运动更加协调一致，呼吸吐纳与形体动作有机配合。然而，此阶段的功法技术定型尚不稳固，一旦遇到外界环境干扰或新异的刺激，还会出现技术错误，甚至已经建立起来的动作概念也会消失。所以，不断地强化习练要领，强化呼吸吐纳与形体动作的协调配合，并进行反复练习，才能逐步巩固习练者的功法技术，举手投足之间体现功法应有的特点和风格，形、神、意、气也就逐渐走向统一和谐。

三、调意练神、巩固成型阶段

意，指人的意念和心理活动；神，指人的精神和思维活动。意和神都属于心的概念范畴。练意调神，即指调心。古语曰"达摩西来一字无，全凭心意用功夫"，再有"用意不用力""骨肉臣来意气君""意无意，无意之中是真意"等诸多练功要诀。健身气功注重三位一体的综合锻炼，强调调身是基础，调息是中介，调心主导着调身与调息。太极养生杖练功至此阶段，应着重在调心上下功夫，即强化用意识调控、驾驭自身形体动作的能力。

调心，主要是指习练者对自我精神意识、思维活动进行调整和运用，以期达到意念活动集中、心神宁静清明的状态。静，是相对于动而言的状态。思想纷乱，杂念太多，不能将注意力集中于一个事物，心不在焉，不能调心入静，是阻碍健身气功水平提高的一个关键因素。人的注意力，很容易受到外界事物的干扰，若能引导习练者调心、入静，把脑子里散乱的、没有秩序的意念活动变成有规律的、单一的意念活动，自会发挥心主神明的作用，统帅形、意、气协调运动，产生理想的健身养生作用。《大学》曰："知止而后有定，定而后能静，静而后能安，安而后能虑，虑而后能得。"意思是说人懂得停下来然后才能稳定，稳定然后才能冷静，冷静然后才能平心静气，平心静气然后才能仔细考虑，仔细考虑然后才能有所收获，这与调心入静、形神并练有异曲同工之妙。

调身练形阶段，意念主要是集中于形体动作上，注意功法动作是否合乎规范、是否中正安舒等方面，侧重于对形的关注；进入调息练气阶段，主要是注意呼吸吐纳与形体动作的协调配合，以及习练要领的掌握，意念应侧重于关注呼吸或者动作质量的提升；进入调意练神阶段，意念应侧重于关注意境的创设、身体部位的意守等方面。此阶段练功，应充分发挥调心的主导作用，将艄公摇橹、轻舟缓行、风摆荷叶、船夫背纤、神针定海、金龙绞尾、探海寻宝等功法技术中蕴含的生动的独特意境和内涵创设出来，让自己仿佛身临其境，以意在先，身杖相随，形神意气完整统一，练功日久，自会达到"外忘其形而成其形，内不知其神而达其神"的境界。

练功至此阶段，习练者已经能充分理解功法技术的内涵和意境，体会到形神兼备、内外合一的演练技巧，动作轻灵沉着，虚实相生，心静神宁，体松气顺，周身完整统一，浑然一体。不仅身心处于高度和谐境界，三调融为一体，而且与自然界也交互相融，踏入了"天人合一"的境界。此时，经过反复锤炼和体悟的功法技术操作，已经建立起非常稳固的运动条件反射，且能根据周围情况的变化而自动调整功法技术，顺利完成整套功法的操作，进入巩固成型自动有序的练功阶段。此阶段由于功法技术已经巩固成型，习练者大脑中枢参与控制功法操作相对较少，若受到外界刺激功法技术发生些许的变动，很可能会难以在第一时间被觉察，一旦等到多次重复练习固定下来之后再觉察，就会改变原有的功法技术定型，阻碍达成最优化的健身养生效果。由此可见，无论进入何种练功阶段，均需要注意功法操作的规范性、准确性，方能百尺竿头更进一步。需要指出，即使功法技术演练进入自动化阶段后，功法操作技能仍能继续提升，仍需要持续不断强化练功。

学练太极养生杖功法，从调身练形进入到以调息练气为主，再提升到以调心练神为主，功法技术逐渐丰富，功法演练水平不断提高，体现着功法操作技能循序渐进，由易到难，逐渐巩固的演变发展规律。这三个练功阶段不能截然分开，而是相互联系、螺旋递进上升的过程。最终在调身练形方面，达到中正安舒、身械合一；在调息练气方面，达到呼吸深、长、匀、细，绵绵若存；在调心练神方面，达到以一念代万念，心境恬淡虚无，三调协调运动，合而为一。《庄子·人间世》有一段讲述孔子与颜回的问答，"回曰：'敢问心斋？'仲尼曰：'若一志，无听之以耳而听之以心；无听之以心而听之以气。听止于耳，心止于符。气也者，虚而待物者也，唯道集虚。虚者，心斋也。'"从上述问答中，有很多练功的启示，甚至是练功方向上的引导，特别是"无听之以心而听之以气。听止于耳，心止于符。"的阐述，就对习练太极养生杖达到"身械合一""若一"的三调合一的身心境界很有启发。"功夫无息法自修"，方法易得而功夫难修，这就需要习练者不断强化体悟，并重视文化、道德、心性的修养，才能明理增信、知行合一、由术而道，持续提升练功境界。

第四节　练功须知

学练太极养生杖，是学习使用自身各种技能锻炼身心的过程，每一个人只要稍加用心都是可以学会的。但是，要想学好功法，练出较好的健身效果，尚需遵循和了解必要的练功规律和常识。这些练功规律和常识，是古今习练者不断探索的实践成果和理论总结，对科学有效练功、增进锻炼成效、提升练功水平具有极大裨益。

一、树立正念，端正目的

学练太极养生杖，首先需要树立正念、端正目的。树立正念，指要崇尚科学，反对迷信，树立正确的练功观。端正目的，指练功应以强身健体、养生康复、延年益寿为目的，绝不是为了"成仙""得道"。

太极养生杖绝不是简单的一法一术，而是一门促进身心和谐的学问。它有特定的功法源流、功法特点、功理要旨、功法技术等，以及祛病强身、养生康复、益寿延年的健身功效，已被数百万群众的实践所证明。学练者只要按照太极养生杖的理论指导和技术操作程序进行实践体悟，必能产生应有的功法锻炼效益，这需要学练者树立坚定的信心和正念，相信太极养生杖能够增进自己的健康，相信自己能够练好太极养生杖。这种坚定的信心和渴望健康的正念，可以转化为持之以恒练功的决心，从而使学练者产生强大的练功动力和意志力，进而发挥意念统帅形体的作用，克服困难，坚持不懈地进行功法锻炼。

中国气功源远流长，流派众多，功法复杂，其中有一些有益于人体健康的合理成分，也有宣扬愚昧迷信的糟粕部分。在学练太极养生杖过程中，很可能要接触到一些传统的功法和理论，其关键是如何取其精华，去其糟粕，为我所用，要有甄别虚假的能力，以免误入歧途。练好太极养生杖，必须破除封建迷信，端正动机，以强身健体、养生康复为目的学练、研究功法。否则，很难练到高层次，甚至还会走火入魔。对待传统气功中的封建迷信，首先要旗帜鲜明地予以清除，其次要持科学严谨的态度进行分析辨别。《管子》曰："非鬼神之力也，精气之极也。"其实，很多练功中出现的身心反应，都是人体气血变化的结果，只是古人不清楚问题实质而误以为是"鬼神之力"，进行了"玄乎其玄""神乎其神"的记载和描述，从而误导迷惑了很多人的视听，严重影响气功的健康发展。此外，作为传授太极养生杖的授课老师，更要树立正念，端正目的，不断提升传承文明、教功育人的功德，坚决反对传播愚昧与迷信。

二、尚礼崇德，尊师重教

对于习练者来说，心性的培育、道德的涵养，要比一般人更为重要。因为，健身气功区别于一般体育锻炼的地方是运用内向性意念活动调控自身的形和气，练功层次越高，意念对形、气的调控能力越强，越能体现出"全凭心意用功夫"的项目特色。然而，"志一而动气"，神意既可调控形、气，优化人体生命健康，也会因产生不良的意识冲动而引起七情的偏激，进而使体内气机运行失常，危害身心健康。意念对形、气的控制能力越强，能够产生的危害越严重，这就需要习练者在"人生不如意常八九"的环境中，始终注重尚礼崇德，让心情、情绪尽可能保持平稳，方能确保心性、意念、气机处于平和中正状态，不失于中道。

人生活在社会之中，会遇到各种各样的矛盾。这些矛盾往往会招致情绪和感情的变化，进而破坏精神的宁静平和，破坏气血的平衡畅通。"怒则气上""喜则气缓""思则气结""惊则气乱"等，可谓是情绪影响健康的精辟总结。若是在日常生活中，习练者在待人处事、与人交往中，不管别人如何，自己做到了"以百姓之心为心。善者，吾善之，不善者，吾亦善之，德善；信者，吾信之，不信者，吾亦信之，德信"，总能以心平气和的方式对待人和事，自能保持神意宁静、气机和畅了。

人有各种习气，既有好的也有坏的。好习气符合自然生生之性，对于保持人体形、气、神三位一体的生命稳态有益，自然对练功有促进作用。坏的习气往往损人利己或者损人也不利己，违背自然生生之性，如自满、嫉妒、虚伪、阴恶、诡诈等坏习气，往往会在大脑里形成一个顽固的兴奋灶，掩盖真意，使习练者不易调心入静，甚至还会破坏自身形、气、神三位一体的生命稳态，无益于练功和健康。因此，习练者日常应注意对治习气，加强自身道德修养，远小人亲君子，胸怀坦荡，光明磊落，多做益己利人之事。尤其在"慎独"上下功夫，牢固树立正确的人生观、价值观和世界观，时刻留心，认真对治不良习气。

"大道之行也，天下为公。"这既是古人对于理想社会的美好憧憬，也是练功要达到的高尚的精神境界。如能以"天下为公"来规范自己的行为，自然就会跳出小"我"，逐渐变成大"我"，长久锤炼，就可以有效地克服一己之私，破除"我"执，从而时刻想着为群众健康服务，把助人为乐的精神贯彻到生活工作中，这样可以得到更大的乐趣，精神境界也将更加高尚。

学练太极养生杖过程中，对于杖的持、拿、递、放的行为和意识，也体现了一个人尚礼修德的程度。学练者重视练功仪规，注意习练者之间的礼貌意识，形成良好的社会人际关系交往等，体现了内心的道德水准。因此，对自己所使用的器械要做到精心爱护，轻拿轻放；在师生、长幼间递接杖时，晚辈应注意恭敬递接；在同辈人之间交流、互动学习中，无论练功水平高低，都要注意平等相待，相互尊重，日久天长的礼仪规范，自会由外到内地影响习练者的道德思想。

学练太极养生杖功法，还要注重尊师重道。《周易·师卦》曰："师：贞，丈人吉，无咎。"上古社会，"师"就是拿着一根权杖指引方向的人（丈人），有了"师"的指导就能获得生存的技能，走出荒原，生存下来。古人对于"师者"定位很高，师者仰仗于人也。为师之道，以无过错，无缺陷为上。在传统教学中，老师与学生的关系，犹如家长与子女的关系，俗话讲"师徒如父子"。老师不仅教授技艺，还注重培养学生的做人与品德，以"传道、授业、解惑"为己任。因此，练功知礼、尚礼，尊重师长，是习练者最起码的道德行为。健身气功，一个最重要的特征就是传承。每一套功法的文化、思想、技术的精髓，凝结着一代又一代前辈老师们用一辈子心血在漫长实践中总结的技艺或练功心法，以及经验教训。尊重老师，还包含着对民族文化传承的珍重。即尊重老师，不是片面指尊重教学老师本人，更包含着对代代相传的功法、技艺的尊重。尊重师长，同时还要注意博学众长，不要盲从，更不搞个人崇拜。孔子曰："三人行，必有我师焉。择其善者而从之，其不善者而改之。"

三、调适身心，贵在自然

功前应停止一切剧烈的体育和文娱等活动，做好静心练功的思想准备。这时应抛开一切烦恼之事，使情绪安宁下来，保持精神愉悦的身心状态。一旦功前出现大喜、大怒、悲伤、忧愁、惊惶、恐惧等不稳定情绪，应先平复心情，待情绪稳定后再练功。应注意选择适宜的练功场所，营造良好的练功环境。练功场地和环境必须尽量做到整洁干净、空气清新、地势平坦、光线柔和，且地方安全，以利于较快地调心入静。

练功时，服装宜松紧适度，以避免阻碍血液循环和限制肢体运动幅度，应穿平底厚软的鞋子，不要带有紧束身体的腰带、表带、袜带等。功前还要排除大小二便，避免忍便练功。另外，过饥、过饱、醉酒、过度疲劳等均不适宜练功，功前也不宜喝咖啡、浓茶等易使人兴奋的饮品。

功中要严格按照功法技术和习练要领等要求进行练功。功法中的每一个技术环节，包括形神意气等规定，均有特定的功法内涵和健身作用，习练者需细心体悟、反复实践，切忌任意发挥，影响练功效果的获取。随着练功水平的提升，功中可能会出现一些身心反应，如热、胀、冷、酸、麻、肌肉跳动等，对待这些身心反应，既不要刻意追求，也不能过分看重，以为这是练功有成的标志，而应采取顺其自然、不理不睬的态度，自然会慢慢消失。倘若练功中遇到某些异常的不舒适的身心反应，习练者应先停止练功，并向有经验的老师报告情况，分析出现的反应，如果是正常反应，则可以继续练功，若不属于正常反应，则应深究原因对症消除。练功完毕，应注意做好收功，把意念集中在丹田，引气归元静养片刻。不重视收功，就如同只耕耘不收获一样，难以起到最佳的强身健体的效果。练功结束后，可以做一些揉按肚脐、搓手浴面等必要的保健按摩，以进一步地疏通气血，巩固练功效果。

功后不宜立刻蹲坐休息或剧烈运动。蹲坐休息会阻碍气血巡行周身，无益于机体恢复正常状态。马上进行剧烈运动，使宁静的身心突然转入一个亢奋的状态，不利于身心平稳有序地调试。功后不可贪吃冷饮，这样极易引起胃肠痉挛、腹痛、腹泻，并诱发胃肠消化道疾病。刚刚练功结束，机体仍处于血管扩张、体温升高、毛孔舒张的状态，若立即洗冷水浴或走进空调房间，或在风口纳凉小憩，就会导致皮肤紧缩闭汗，容易引起体温调节等生理功能失调，导致免疫功能下降而发生感冒、腹泻、哮喘等疾病。功后可适量进水，但不宜马上进食。女性习练者在经、孕、产期时，不要意守丹田，腹式呼吸的幅度和运动负荷均不可过大。

习练者应把太极养生杖的生命智慧融入生活中，逐渐形成健康的生活方式。日常生活中，首先，注意通过不断地涵养道德，提升自己对意识的调控能力，做到精神宁静而不浮躁，意气中和而不偏颇，慢慢达到"行住坐卧不离这个"的境界。其次，把功法技术的锻炼融入日常生活中，以此增加练功时间和对生命持续的良性刺激。再次，注意提升理论素养，特别是加强对儒、释、道、武、医等诸家传统文化内涵的领悟，并以此来指导练功实践，提高练功水平。最后，调理好衣食住行等诸多方面，做到生活有规律，膳食平衡，房事有节制，行为不偏激。健康的生活方式，可以使人免除许多疾病，让人获得健康，取得最优化的健身功效。

作为持杖练习的功法，所持之杖是否合适，直接影响着习练者的兴趣，以及对功法技术的理解和掌握，乃至健身效果的获得。有鉴于此，习练者应根据自身的身高、臂长等选择长度、重量适宜的器械，作为日常练功所用。否则，器械的偏长偏短或偏重偏轻等，都可导致手脚不协调或心神不定等问题发生，不利于习练者调养身心。人在日常生活中的一切行为，都是依靠形神意气相合来完成的，练功调控形气神是对日常生活行为的纯化和提升。因此，无论在日常生活中，还是专心于练功时，凡有益于人的生命活动的均应予以强化，凡不利于人的生命活动的则应予以消除，以此可强化人体自身生命的固有规律，并持续优化人体生命功能状态。

四、循序渐进，练养结合

学练太极养生杖要有恒心、耐心和决心，不能急于求成，要循序渐进、慢慢积累，正所谓"千里之行，始于足下；合抱之木，生于毫末"。首先，夯实功法基础，精学细练手型、步型、身型、杖法、站桩等基础功法。倘若功法基础比较薄弱，即使很快学完整套功法技术，可能在技术细节、节奏风格、形神意气等方面，仍需花费大量时间纠正提高，往往出现"夹生饭"现象。从功法技术掌握来看，也有不同层次循序渐进的练功要求。初学者的重点是学会功法动作，把姿势、动作路线做正确、规范。之后，把呼吸融入形体动作中，运用开吸合呼、升吸降呼等规律，将呼吸与形体动作协调配合练习，达到形与气合；再后，需要注重神意关注动作，让形体动作与意念紧密结合起来，做到"神注庄中，气随庄动"，逐渐进入三调合一的身心境界。练功的时间和强度，同样需要遵循由简到繁、由易到难、由少到多的练功原则。功法锻炼效果，并不是练功时间越长越好，或练功强度越大越好，而应根据习练者自身的身体素质和承受能力来确定科学的练功量度。每次练功负荷的安排，要以练功后感到心情愉快，轻松舒适，第二天疲劳能恢复为适度。有些动作难以短时间内达到规范标准，也不必强求一步到位，可以逐渐增加难度，提高质量，循序渐进地达到规范要求。年老体弱者更应从小运动量、降低技术要求的基础上起步，待身体素质由弱变强后，再按照规定要求完成技术动作。

学练太极养生杖，既要练，也要养。练是指按照本功法要求对形体

第三章 健身气功·太极养生杖学练指导

191

动作、呼吸吐纳和意念调控进行有机结合锻炼的过程；养是身心修复和滋补，主要是指通过调身、调息和调心的锻炼，使习练者身体出现的一种轻松舒适、呼吸柔和、心神宁静的静养状态；还有一层涵义，是指将练功与饮食、休息等生活有机结合起来，通过外在调养使习练者神气更足，有效地充实身体、健美身心。太极养生杖功法的练养是统一的，两者既有区别，又不能截然分开。练功中应有意识地体会练与养。从大的角度来看，功法技术操作为练，静心站桩为养，平时既要强化功法技术演练，也要注重站桩锻炼，体现练养结合。从小的角度来看，每一个姿势、每一个站桩都是有练有养。形体动作是练，调心入静是养；每个姿势动起来是练，式子变换间的停顿是养；一个姿势练完要转换下一个姿势时，中间往往有动作中断的一刹那，这个形断意不断的时刻，就是很好的养；呼与吸的过程是练，呼吸间停顿的"息"又是养；运动量大了是练，运动量不大是养等。由此可见，太极养生杖的练与养是有机结合在一起的，练与养同等重要，不可分离。实践证明，光练不养，会使练功太过而影响练功效果，甚至还会引起偏差。光养不练，则难以起到祛病强身、养生康复的效果。因此，在学练太极养生杖的过程中，要认真体会、实践练与养的结合，只要抓住了练与养的关键，将两者的结合贯彻始终，才能互为补充，相得益彰。

第五节 教学须知

教学，是以老师为主导，学员为主体，由老师和学员构成的教与学的双边互动过程。教学太极养生杖，既要遵循徒手功法教学的一般规律，也要注意持杖器械练习的教学特殊性，还要面对学员在年龄、文化、健康等方面存在的教学差异性。因此，必须充分把握好功法特点，灵活运用教学规律和方法，才能使功法教学取得事半功倍的效果，帮助学员掌握功法技术，理解功法内涵，形成以功法锻炼为主体的健康生活方式。总结太极养生杖功法教学，需要做好以下几方面。

一、目标明确，任务清晰

无论是什么类型的教学，都会涉及教学目标、教学任务。教学目标是指教学预期要达成的结果，是一切教学活动的出发点和最终归宿。教学目标制定得是否准确清晰，不仅影响着教学过程的开展，很大程度上也影响着最终的学习效果。教学本功法的目标，通常是在有限的时间内（少则几天，多则十几天），使学员学会功法技术，掌握功法要领，了解健身原理和作用，并引导学员养成自觉锻炼、涵养道德和修养心性的行为习惯等。教学目标虽然相对单一，但想要达成理想的预期结果，也需要付出辛勤的努力和做好充分的准备。

作为一名太极养生杖教学老师，首先，需要知晓或思考教学需要达到的预期结果，也就是明确教学目标是什么，心中做到目标清晰、任务明确。其次，需要考虑教学目标实现的可能性。根据教学周期的长短，可将教学目标划分为短期目标、中期目标、长期目标；也可以划分为一节课目标、一天目标、一周目标、一个月目标、半年目标、一年目标等。教学目标之间存在着密切关系，短期目标是长期目标实现的基础和保障，长期目标是短期目标积累的结果和最终的指向。教学目标的达成，是学员基础、课时长短、教师能力等诸多因素综合作用的结果，需要老师综合考虑、科学制定。最后，需要考虑教学任务是否适当。教学任务是教学目标的具体化。当教学目标确定以后，需要将目标分解为具体的教学任务，并逐项去完成教学工作。教师要善于将教学目标分解成一项项具体的教学任务，但要注意精准把控教学内容和难度，切不可无视教学对象、时长等方面的差异性，死板固化地确定教学任务。

二、了解充分，备课认真

凡事预则立，不预则废。教学太极养生杖亦不例外。教学计划是课程进度的日程安排指南，通过一节节课去落实、完成。每节课的目标、任务完成情况，直接影响到最终教学目标的实现，这就需要授课教师在进行每一次教学之前，都应对教学工作提前做好准备，进行科学的谋划和推演，并将教学活动安排落实为行之有效的教学方案。在教案的目标、任务定位上，要以功法教材、教学大纲、计划为指导，以授课对象的多数人基本状况为基准；在练形健体、调息练气、调心练意上，既要明确教学对象所处的练功阶段，充分体现阶段性的教学侧重点，也要有整体观和全面教学指导思想，围绕着"三调""三调合一"循序渐进地进行安排，为学员全面掌握功法技术、提升身心境界夯实基础，提供指导路径。教案的内容、形式，一般包括教学目标和任务，并根据教学对象、人数，以及教学设施与环境情况，选择适宜的组织方法和教学手段，合理安排教学内容，科学分配教学时间，重视教学负荷和练习强度的整体把控。值得注意的是，每一节课的教学任务，切勿要求太多，以一至两个为宜，注意突出重点。这些教学任务，既不能超出学员可接受、理解的范围，也不能使之过于轻松完成，这样均不利于激发学员学练的积极性。

学员是教学活动的主要构成要素，也是教学中学习活动的主体；学员是影响教学效果的最为重要的因素，也是影响学习效果的内因。影响学员最重要的因素是学习积极性，影响积极性的重要因素是学习兴趣。假如学员没有对学习内容产生兴趣，就很难获得好的学习效果。有效地培养或激发学员的学练兴趣，授课教师需提前对学员的学习兴趣和动机有所了解。教学太极养生杖的过程中，常会遇到年龄跨度大、学习动机不同和性格、体质、素质、记忆力差异较大的不同学员，这对授课老师提出了较高的要求。心理学告诉我们，学习兴趣基本可以分为两大类，一类是直接兴趣，一类是间接兴趣。由于活动本身的特点而产生的兴趣为直接兴趣，由于活动的结果而产生的兴趣为间接兴趣。现实情况中，绝大多数学员可以坚持学练功法，是持之以恒练功获得的健身效果发挥着重要作用，即学员练功的间接兴趣发挥着重要影响作用。因此，授课教师要重视将太极养生杖良好的健身效果适时地向学员讲解清楚，最好是结合传统文化的内涵思想进行分析阐述，进而使学员获得生活、学习和工作等多方面的启迪，以此更好地激发学员产生间接学习的兴趣。由此可见，教学备课时，授课教师加强健身功效的阐述准备，是重要且必要的。

　　在教学内容设计方面，做到内容恰当。所谓内容恰当，首先，指在一次课教学内容的安排上，应将传授的功法技术和理论的难易程度与学员学习的能力相结合。教学内容不能太多，教学难度不能太高，那会使使学员没有足够的时间充分理解、接受和消化吸收；功法技术教学的定位与功理阐述，不能设计得过于简单，让学员完全没有压力进行学习，会阻碍学员的学练兴趣和全面提高发展。针对较难掌握的技术动作，安排的教学时间要长一些；对基础较好的学员，学习内容可多安排一些，

第三章　健身气功·太极养生杖学练指导

195

既注意分层教学，也不能一刀切教学。其次，要认真考虑教学内容、教学目标的逻辑关系，使教学内容与教学目标紧密衔接。最后，要考虑功法技术内容与理论内容有机结合进行教学，以功法技术体现功法理论，以功法理论阐述功法技术，使学员不仅知道动作怎么做，还要知道为什么这样做，达到既知其然，又知其所以然的目的。

由于太极养生杖是持杖进行锻炼的功法，相比徒手功法教学，教学空间要大一些，需要授课教师提前落实好适宜的教学场地和器材设备。倘若教学场地和器械受限，应及时调整教案的组织方法，以适应条件有限的教学环境，确保教学质量不受影响。

三、组织严谨，方法灵活

功法教学是专门组织学员传授功法技术和功法理论的实践活动，若要卓有成效地实现教学目标，培训合格的学员，必须强化功法教学的组织。当前，为有效提升教学质量和效率，传授太极养生杖功法，普遍采用班级上课的形式进行组织教学。每一节功法教学课，一般由开始部分、准备部分、基本部分、结束部分构成。这四个有机构成的部分，实质是根据人体生理机能活动变化的规律设计的，即遵循由安静状态进入工作状态，工作能力逐步提高，最后又逐步降低，恢复到正常生活的机体状态的规律。因此，每一个部分均有各自的教学任务、内容和组织教学的要求，但又是一个紧密联系的整体。开始部分主要是整理队伍、报告学员人数、师生问好，授课老师要宣布本节课的教学目标、内容和任务等，并提出课堂要求；准备部分主要是引导学员从调身、调息、调心三个方面做好上课的准备，使学员动诸关节、集中意念、均匀呼吸，进入学练功法的良好身心环境；基本部分是传授功法技术和理论的主要部分，其主要任务是通过授课老师组织学员进行功法学习，注意"精讲多练""精讲巧练""讲练结合"，使学员达到掌握功法功理的目的；结束部分主要使用轻、柔、缓、慢的练习，使学员放松身心、消除疲劳和收功。最后，授课教师要总结本节课教学任务的完成情况、注意事项，布置课后作业等。

提高教学质量的关键，首先，每一次的功法教学课，授课教师所有的教学活动，均要围绕教学目标进行，全力以赴地实现目标而不偏离目标。因为，是否实现了预定的教学目标，是衡量一节课成功或失败的一个重要依据。其次，保证教学的科学性与思想性。在科学性上，授课教师要准确无误地传授功法技术和理论，及时纠正学员表现出来的种种差错；在思想性上，授课教师要深入发掘教材蕴含的思想性，理论联系实际地灵活讲解，激起学员的思想共鸣，培育他们的道德涵养和心性修养。再次，充分调动学员的学习积极性。如果授课教师讲得津津有味，学员却听得昏昏欲睡或懒得动弹，这节课的效果肯定是不好的。功法教学时，老师要善于启发引导学员积极进行学与练，只有调动授课老师和学员双边的积极性，才能上好课。最后，根据实际情况及时调整教学计划。教学的情况千变万化，即使再完美的教学计划，也难免与实际情况不相符。这就需要授课老师善于根据教学实际情况，机智灵活地调整和修改教学计划，不断提升驾驭教学的艺术和能力。

卓有成效地完成教学任务，必须选择和运用正确的教学方法。常用的教学方法有讲解法、直观法、分解教学法、完整教学法、分组练习法、循环练习法、重复练习法、纠正错误法、比赛法、游戏教学法等。功法教学过程是一种创造性的活动。教学有法，但无定法，方法合理，则事半功倍；方法不当，则事倍功半。每一种教学方法都有其独特的优势、特点，但万能的教学方法是没有的，只依赖一两种方法进行教学无疑是有缺陷的。因此，选择与运用教学方法需根据实际情况统一考虑。只有授课教师熟练掌握各种教学的方法和手段，充分掌握理解教学功法的三调技术和内涵，才能灵活运用各种教学组织方法进行功法教学。讲解动作时，讲授语言力求深入浅出，介绍动作要领力求准确，注意所讲内容的逻辑性；还可根据太极养生杖象形仿生的功法特点，运用生动形象的启发式讲解，引发学员积极主动的思维，感悟功法技术内涵。教学复杂、有难度的功法技术时，可采用先分解教学与练习、后完整教学与练习，先徒手学练、再持杖学习等方式。初级阶段的教学，应多采用直观的教学方法，可根据教学功法动作的特点、学员的人数、场地的布置等，采用不同方式的示范。动作示范包括正面、背面、侧面、镜面示范。如希望学员清晰观察教师前后方向的动作演示时，可多采用侧面示范；如希望学员清晰观察左右方向的动作演示，教师要多采用正面示范；当动作方向、路线较为复杂时，可多采用背面示范。当学员清晰知晓动作技术方法后，尚需要采用不同练习手段，促进学员规范掌握动作技术。这时可以灵活运用集体练习、分组练习、个人复习、比赛练习、观摩评比等练习方法，提高练习的强度和运动量，使学员通过变换不同练习形式、手段，在大量重复的动作技术练习中，进一步提高其功法技术、锻炼技能，增进身心健康。在学员练习过程中，授课教师还要注意及时发现错误并予以纠正，防止形成错误的动作定型。授课教师应多从身体姿势、动作路线、动作速度、节奏、劲力、呼吸、意念等方面注意学员产生的错误，通过不断纠错和强化练习，不断巩固学员正确的功法技术，逐渐形成精准、巩固的运动技能。

总之，无论哪一阶段的功法教学，都应加强功法基本技术和站桩的练习，尤其要重视熟练器械的练习，从而提高肢体把控杖、感知杖的触觉敏感度，让杖能随心意而动，促进人杖合一，这是教学太极养生杖的一个重要环节。

四、注重差异，因材施教

在功法教学实践中，教学相长、启发诱导、理论联系实际、注重直观、循序渐进、可接受性等诸多宝贵的教学原则，可以有效提高教学质量，应注意将其贯穿于功法教学过程的各个方面和始终。其中，根据学员不同特点进行功法教学的因材施教原则，尤其值得灵活运用。因材施教的基本思想，指授课教师从学员的实际情况、个别差异出发，有的放矢地进行有差别的功法教学，使每个学员都能扬长避短，获得最佳的学练效果。通常来说，学练太极养生杖的社会大众学员情况相对比较复杂，无论是年龄、性别、体质、智力等，还是学练的基础和动机等，均可能存在较大的差异。因此，只有因材施教才能扬长避短，才能让不同的学员通过自身努力真正掌握功法。当参加培训的学员比较多时，授课老师要想针对每一名学员因材施教，难度是相当大的。但是，作为一名优秀的授课老师，应该在照顾大多数学员的情况下，有责任去发现并照顾学得好和学得慢、接受力差距大的两"头"的学员，既使基础好、能力强的学员得到提升，练功更上一层楼，又要发挥集体中骨干学员的交流、帮扶作用，同时教师也要注意个别辅导，促进落后学员掌握技术，如此不仅能提高教学质量，而且能让更多的人增强学练太极养生杖功法的自信心，分享练功带来的健康生活。

子曰："书不尽言，言不尽意。"然则圣人之意，其不可见乎？子曰："圣人立象以尽意……鼓之舞之以尽神。"由此可见，语言不可能表述全部意思，有语言不能尽意的缺憾。由于学员身心参与程度和对授课老师言传身教的领悟等存在"言不尽意"的差异性，跟着同样一个授课老师学练功法，有的学员掌握的功法技术比较快，有的学员可能还记不住或记不全动作，有的也许是记住了动作，但肢体表达不够规范等，这需要授课老师有目的地加以个性化教学指导。对学得快、做得好的学员，要引导他们提高动作质量，体悟功法内涵；对记不住、做不好动作的学员，要对动作的路线、转换、关键点乃至呼吸、意念的调控等多加暗示、提醒、讲解和示范，培养他们的动作记忆和肢体掌控能力等。面对复杂多变的教学对象，授课老师只有灵活、综合运用不同的教学方式和方法，才能引导学员在技术、文化、思想等方面，始终朝着正确的方向发展，提高学练效率，达到事半功倍的教学效果。

俗话讲"入门引路须口授"。授课老师多年的练功体悟和经验积累，必须要毫无保留地"口授"给学员，学员充分消化吸收后，才能站在授课老师的肩膀上继续探索前进。在教学太极养生杖过程中，授课老师毫无保留地传授知识应该是值得赞誉的，但不考虑练功基础、练功阶段，以及学员的文化知识基础，毫无保留的传授知识是否能让学员充分消化吸收和正确理解，是一个重要的问题。因为，太极养生杖功法中蕴含有太极、阴阳、五行等丰富的中国哲学思想，其阐述的语言体系也具有高度的抽象性和概括性，对中国传统理论和知识相对陌生的学员，要想听得进去、听得懂，恐怕还是有点难度。这就需要授课老师善于深入浅出地讲解，使不同学员都能听得懂、理解得了知识或身边的事物，对功法中的传统理论和知识讲解加以创造性的转化，授课语言更加通俗易懂，使概念化的功法理论与三调操作技术的介绍与讲解简单明了、清晰明确，使学员既知其然，又能知其所以然，提高教学质量。

五、环境适宜，氛围和谐

环境是指能够影响人的生活的周围外部各种条件的综合。这里的环境，主要是指教学太极养生杖的环境，即影响太极养生杖教学活动开展的各种外部条件的综合。教学研究和实践充分证明，物质环境诸如空气、温度、光线、声音、颜色、气味、教学设施、班级规模、人际关系等，都是会对教学效果产生重大影响的环境因素。因此，在条件允许的情况下，授课教师应选择空气清新、温度适宜、湿度合适、光线柔和、鸟语花香的自然物质环境中进行教学。古人多选择在名山大川或福地洞天进行练功，想必也是有此方面的原因，是长期练功实践的总结。室外教学功法时，授课老师应注意阳光、风、噪声干扰等对学员的影响，最好自己面向阳光、面向风向站立教学，让学员背阳、背风、背干扰，如此可最大限度地减少物质环境对教学的干扰因素，确保授课效果得到基本的保障。

心理环境的选择和营造同样非常重要。在太极养生杖教学中，营造一个良好的人际学习关系氛围，形成教师和学员之间、学员和学员之间、学员个人与培训班集体之间良好的关系等，使学员身心处在一个愉悦、放松的状态下学练功法，利于动作技术的掌握和动作技能的规范达成。创设良好的教学氛围，愉悦、舒畅的心理环境，授课老师起到关键性引导作用。首先，授课老师日常就要注意自己的言行举止，树立端正、大方的教师形象。其次，授课教师要有坚实的功法演练和教学水平，对功法技术和理论内涵理解透彻，学员心中信服了，自然会听从教师的教学组织安排。最后，授课教师既要按照教学计划严谨教学，也要关心爱护学员，注重从实际出发，灵活地激励每一位学员完成教学目标。"严师出高徒"，道出了教师严格要求的重要性，但"师徒如父子"，又点出了教师对学员关爱的重要性。良好的师生关系是太极养生杖教学中最为重要的人际关系，教师德才兼备，以身作则；练功学员敬重师长，虚心请教，努力学练，形成和谐的学功、练功的人际关系。与此同时，学员之间的团结互助，良好的学习、交流氛围和学员温馨真切的心理体验，也是促成良好教学环境、提高学练效率的重要方面。

第四章

健身气功·太极养生杖

答疑解惑

一、太极养生杖为何取"太极"两字?

太极,是中国古代哲学用以说明世界本原的范畴。"太极"之词,源于《庄子》"大道,在太极之上而不为高;在六极之下而不为深;先天地而不为久;长于上古而不为老"的记载。太,即大;极,指尽头、极点。物极则变,变则化,所以变化之源是太极。《易传》指出,"易有太极,是生两仪。两仪生四象,四象生八卦"。后世人们根据《周易·系辞》中有关"太极"的论述逐渐推演出成熟的太极观念,用以阐明宇宙从无极而太极以至万物化生的过程。其中的太极,即为天地未开、混沌未分阴阳之前的状态。

朱熹说:"人人有一太极,物物有一太极。"世间一切事物都是太极,太极无处不在。《周易·系辞》曰:"是故易有太极,是生两仪。"两仪,即为太极的阴、阳二仪。故"一阴一阳之谓道""二气相感而成体"。人的一身之内,包括五脏六腑、经络气血、筋骨皮肉等,无不契合阴阳之理、太极之道。人生之理,需以阴阳二气长养百骸。本功法之所以取义"太极"命名,一是体现了采用马王堆帛画《导引图》中的持杖图像和"以丈(杖)通阴阳"的健身理念进行编创的思想。二是强调本功法将太极之理蕴含于功法功理之中,希冀学练者能通过阴阳变化的规律性锻炼演绎、践行太极养生之道,以调和人体阴阳平衡,取得祛病强身、修心养性之妙。

二、如何做好太极养生杖的调身？

调身，目的在于中正安舒。如果身形不中正，则会影响人体气血的通畅运行，《黄帝内经》认为："骨正筋柔，气血自流。"身形歪斜，就会导致相应身体部位的气血处于被挤压、阻隔不畅的状态，造成气血供应不佳，长期得不到纠正则会影响有关脏腑机能的正常发挥。

人体有所谓"三节九窍"之说。以全身而言，头为梢节（百会）、胸腹为中节（丹田）、下肢为根节（委中）；以臂而言，手为梢节（劳宫）、肘为中节（曲池）、肩为根节（肩井）；以腿而言，脚为梢节（涌泉）、膝为中节（阳陵泉）、髋为根节（环跳）。

初学乍练，应多进行桩功锻炼，调形健体，做到肩井对环跳、曲池对阳陵泉、劳宫对涌泉，塑造中正安舒的身形，使习练者形成正确的身形姿态，特别是要形成中正安舒的练功姿态，为功法套路演练打好形体基础。功法演练时，梢节起、中节随、根节催（追），体现梢节要活、中节要柔，根节要稳，并做到肩与胯合、肘与膝合、手与足合，以达到上下肢的协调配合。倘若人体三节运动僵硬、配合不协调，就会造成形不正、气不顺、血不畅，大大削弱练功效果。

三、习练太极养生杖对练功时间有何要求？

关于什么时间练功，历来说法众多。有的认为"子后午前做功"；有的强调"遵照子午流注"，也就是将十二时辰与人体十二条经脉对应练功；有的注重"子至巳时属阳练功最好，午后属阴纳气才好"；有的指出"气生于寅，三至五时最好"；还有的坚持在傍晚或睡觉前练功，但也有人不主张晚上练功，认为晚上阴气太重，这个时候练功就会伤害人体的阳气。以上种种说法，都有其自身道理。

一般来说，清晨较好，这个时候空气清新、环境较安静，练功能吸入较多的清新空气，且经过一夜的休息，头脑比较清醒，也利于精神集中、身心放松和调心入静。早晨练功，可以帮助身体打开一天的生理机制运行通道，调节人体气血功能，提高强身、祛病的效果。然而，现代人的工作、生活、学习节奏比较快，对许多人来说选择早晨练功可能很难实现。

实际上，习练者应根据自己的实际情况，选择一天当中适合自己的时间进行练功，可以是上午、中午、下午或者晚上，不必拘泥于非得早晨或者某个时间。最为关键的是，一个人练功的时间，最好是相对固定的，从而形成规律性锻炼并持之以恒，才利于体内气血运行的有序化、节律化，自然对健康身心具有极大裨益。

四、习练太极养生杖对场地有何要求?

习练太极养生杖时，人手持器械进行练功，要比徒手功法练习需要更大一些的场地空间。练功场地应满足地面平整、环境干净、避开干扰、空气流通这几点要求。室外练习时，注意选择视野开阔、空气清新、景物优美、干净优雅的地方；切记不要选择离马路近的地方练功，汽车尾气和扬起的粉尘以及噪音等都不适合练功，且对身体健康不利。无论是室内还是室外练功，均要注意防风、防湿。因为练功后全身气血运行更加畅通，全身毛孔张开，容易受到风寒侵袭。

五、习练太极养生杖对练功方向有何要求？

古人把宇宙自然看作一个大天地，人体是一个小天地，而人又与天地构成了一个整体。古人认为，日为阳，月为阴。白天练功要面向太阳，晚上练功要面向月亮，以调节人体的阴阳平衡。五行学说认为方向与人体脏腑有对应关系，有"东为肝，西为肺，南为心，北为肾，中央为脾"之说。因此，有人根据五行相生相克的关系，针对不同的脏腑疾病，来选择不同的练功方向。有的强调早晨练功时面向东方，认为旭日东升，空气新鲜，此时吐故纳新，有助于人体气机的升发；午时练功时面向正南，有助于人体调整阴阳；夕阳西下之时面向正西，此时天气由发而收，心气由动而静，肺气肃降，使大脑的兴奋性逐渐减弱，渐入宁静；半夜子时练功要面向正北，取坎中之满，补离中之虚，促使水火既济，谓之取坎填离。由于地球有磁场，人体自身也有磁场，很多人就选择面南背北练功，意在使习练者自身磁场与地球磁场达到和谐一致，希冀取得好的练功效果。以上这些说法，都有参考的价值，习练者可在实践中总结适合自己的练功方位和时间段。然而，当练功时间和环境不允许，习练者应根据个人的实际情况灵活选择练功时间，只要专心致志调心入静，功效自然能够得到保障。

六、习练太极养生杖对杖的长度、重量有何要求？

学练太极养生杖之初，首先要选用长度适宜、粗细适中的杖。根据多年的教学经验和练功体会，以两手紧贴依次交替握杖、从杖的一端向另一端握把约12～13把，为适合自己身高的最佳尺寸的杖。

对于杖的重量，切勿追求过重，以习练时能轻盈顺手、自如驾驭为宜。有人喜欢持比较重的杖进行练功，认为可以有效增加肌肉的力量，练功中常常出现气喘吁吁等现象，这种做法是不宜提倡的，因为它违反了健身气功强调调心入静、呼吸深长匀细的练功要求。

七、习练太极养生杖如何做到处处为弧、圆转四方？

太极养生杖以柔和、缓慢、连贯的圆周运动为主，体现了"圆道法理"和"太极"的指导思想。在形式上，有弧线、平圆、立圆之别；在运行方位上，有前后、上下、左右之分。持杖练功要求杖的运行路线能处处带圆，做到动作往复衔接不起棱角，需注意以下几个方面。一是日常练功要强化单独的平圆、立圆和弧形的练习，或面对镜子反复体会和揣摩动作的运动路线，掌握动作技术要领。二是持杖练功时要注意以腰为轴枢进行运动，做到杖行平圆、腰转如磨盘、杖走立圆、腰转身随等要求。三是要注意意念、意境的运用。仿生象形，人在境中，情景交融，自能促进动作更加自然、圆活、流畅。如"艄公摇橹"，一定是弧形摇转桨橹；做"轻舟缓行"时，犹如身临其境地站在船筏上划水、撑杖行船，动作轨迹自然圆融。

八、习练太极养生杖如何把握运动适度？

科学合理的练功锻炼，应注意遵循循序渐进、因人而异、量力而行的锻炼原则。对于习练者来说，每天都能练功当然是最好的选择，但是每个人的情况是不一样的，自己能支配的练功时间也有很大差异，这就需要习练者自己视情况而定。

一般情况下，要想发挥功法锻炼对人的健康的积极影响，每次练功在30分钟至1小时之间较为适宜。若是工作繁忙、生活节奏比较快，或者身体较为虚弱，无法一次性完成较大运动负荷的练功，可采取每次小运动量、多次练功的方式，通过累积确保对身体的适宜刺激。

每次练功后，身心感到愉悦，或稍感疲劳，第二天即能恢复，说明练功的量度基本适宜。如果练功后感到疲劳不堪，且第二天未能恢复，说明练功的量已超出自身承受的范围，这时就需及时调整运动量，同时在练与养的结合上要多下功夫。

九、习练太极养生杖经常手腕卷提有何作用？

在功法演练中，包含有多种手腕动作，卷提是其中重要的一种。在心神宁静、肢体放松的练功状态下，经常做屈伸手腕的规律性动作，利于平衡或缓解腕部肌肉的局部过度紧张，预防或减少腕部周围肌肉、肌腱劳损。更重要的是，手腕有节律的屈伸运动，能有效刺激腕部的原穴。人体有十二原穴，均分布在四肢的腕、踝关节附近，在腕部的原穴有太渊穴、大陵穴、神门穴，分别对应手太阴肺经、手厥阴心包经和手少阴心经。中医理论认为，经络所及，脏腑所主。经常刺激腕部的原穴，有益于激发相应经络的气血运行，可调节改善心、肺等脏腑的功能，产生安神、益气、抵御病邪等积极作用。

十、为何太极养生杖按摩行杖重点在腹部、胁肋等地方？

本功法持杖练功，不仅重在引导形体动作，加大肢体动作幅度，舒展全身筋骨，活动四肢百骸，使习练者引体令柔，而且在行杖过程中摩运腹部、胁肋等部位可起到特定的刺激保健作用。腹部，基本处于人体的中焦部位，内部集中了肝胆、脾胃等脏器。上焦有肋骨罩着，下焦有骨盆罩着，唯独中焦这个区域是软的，可以通过外部刺激较好地作用于内部脏器功能。胁位于侧胸部。因肝居下其经脉布于两胁，胆附于肝，少阳之脉循于胁，故胁肋部与肝胆关系较为密切，有"邪在肝，则两胁中痛""肝病者，两胁下痛引少腹"之说。人体遍布着经络，经络可以决生死，处百病，调虚实，不可不通。练功行杖过程中，有意识地持杖按摩中焦腹部、胁肋等部位，能强化局部经络气血运行，促进中焦浊气浊水排除，提高脾胃运化功能，疏肝理气，还可促进上、下焦的沟通，优化整体生命健康状况。

十一、为何太极养生杖的手部动作的变化较多？

本功法手部运动形式多样，既锻炼了腕部和手指的灵活性，刺激了手腕部的穴位和手三阳、手三阴经络，也对两手在大脑皮质的控制区起到了有效的刺激作用，可以间接起到健脑的作用。

十二、习练太极养生杖对练功姿势的高低有何要求?

决定本功法锻炼成效的关键,是调身、调息、调心三调合一的身心境界,并非单纯的肢体动作的运动负荷。练功姿势的高低是否合适,应对习练者的肢体动作是否柔和缓慢、绵软圆活、从容流畅,是否利于调息、调心的协同锻炼予以判断。倘若强调低姿势、大幅度动作练功,超出习练者的掌控能力,导致动作僵硬呆板、胸闷憋气、心烦意乱等,要想进入三调合一的身心境界肯定是不可能的。

同样高度的练功姿势,不同习练者由于体质、健康状况等存在着个体差异,对身心产生的作用差异甚大,因此,相互之间绝不可盲目攀比,亦要量力而行针对选择为好。体健年轻者,要按照动作的规格、标准进行练习,注重肢体动作规范到位。体弱多病,尤其是年龄较大、有伤者,应先采用高姿势,再慢慢过渡到正常姿势练功,注意把握身心的反应和三调合一境界的形成,找到适合自身的练功姿势。如做"金龙绞尾"低歇步绞杖时,多数老年习练者不宜下蹲做低歇步,最好保持高歇步的绞杖姿态;高血压习练者做"探海寻宝"时,俯身前屈、转体举杖等动作切勿太低,避免上体过于前探而引起头晕、血压上升等现象。

切记,持杖练功不是身体姿态越低越好、动作幅度越大越好,只有利于三调合一身心境界形成的练功姿态,才符合健身气功养生之道。

十三、习练"轻舟缓行"为何强调支撑脚尖不外展?

人体经络是运行全身气血、联络脏腑形体关窍、沟通上下内外、感应传导信息的通路系统。经络气血流畅，是人体身心健康的基础。《黄帝内经》讲："骨正筋柔，气血以流，腠理以密。"正确的肢体形态，利于经络气血的畅通运行；反之，不恰当的肢体形态，就会阻碍经络气血的正常运行，影响健身养生效果的达成。"轻舟缓行"上步、退步时，强调支撑脚脚尖朝前，一个重要的考虑就是确保习练者处于骨正筋柔、气血以流的练功状态，此种状态也利于转腰划圆上举杖和转腰划水、撑杖等动作的高质量完成，可有效地刺激到带脉经络气血畅通运行；加之配合两膝、两踝有节律的一屈一伸运动，亦能强化对足三阴、足三阳经络气血的激发运行。有的人常会出现脚尖外展现象，与其下肢力量较弱、踝关节柔韧性差以及身体平衡控制能力较弱等因素有关。可通过把身体重心放高些、两脚间距放宽些，以及强化踝关节柔韧性和下肢力量、平衡能力等锻炼予以解决。

十四、影响"轻舟缓行"杖不能在体侧划立圆的因素有哪些？

主要有以下几方面的影响因素：一是划水、撑杖没有转腰与之配合，未做到腰为轴枢。二是肩关节过于紧张，四肢动作僵硬，制约了肩的圆转幅度和流畅性。三是未虚空手心握杖，反而过于用力、死板地把持杖，阻碍手臂、手腕的灵活旋转，注意环握杖应似握非握。四是下肢支撑平衡能力较弱，或坐步存在向前顶胯，未屈胯、坐胯，妨碍了转腰、转肩的。五是呼吸与举、划、落杖动作配合不协调，使气息节律变得混乱，影响了杖在身体两侧的划立圆动作。

十五、如何保持"轻舟缓行"上步、退步时的平衡稳定?

平衡稳定的上步、退步,配合上肢的划水、撑船动作,对创设"轻舟缓行"的练功意境具有积极作用。做好上步、退步的平衡稳定,要注重以下方面:在身形姿态上,始终注意百会上领、沉肩坠肘、竖腰立脊、松腰敛臀、立身中正。上步、退步过程中,注意杖向前或向后划圆、撑杖,与上步、退步是同时相反的运动。当握杖划圆弧至头的侧上方时,要注意转腰、沉肩、敛臀,尾闾与支撑脚跟相呼应。视线与杖要配合一致,杖经由体前划圆时,眼睛随视一下杖,再向前远望;杖至体侧、体后方时,眼睛就不要随视杖,而应保持向前看。平时练功,应单独注意强化上步、退步的练习,注重体悟立腰、敛臀,尾闾与支撑脚上下相对照的练习,注重加强桩功锻炼,增强下肢肌肉力量,提高踝关节的柔韧性。

十六、经常练习"风摆荷叶"为何会感到身心舒畅?

"风摆荷叶"动作,可以有效刺激人体肝、胆经的气血运行,发挥肝、胆舒畅情志的健身养生作用。中医理论认为,肝主情志,怒伤肝,性喜条达,与人体气机的升降调节关系密切。如果肝的疏泄功能正常,则肝经气机舒畅、升降有序、气血和平,人的精神情志就比较乐观。若肝的疏泄功能失调,就会影响肝经气血的畅通,易使人郁闷不乐、多疑善虑。肝胆互为表里,肝经不畅就会影响胆经,胆气郁结就会化火使人恼怒。"风摆荷叶"两手夹持杖划弧至身体侧方时,上体成侧屈状的动作，可以有效牵拉刺激两胁的肝胆经，让肝、胆经的气血运行畅通起来，不瘀不滞，疏肝利胆，调达肝气，从而使人心情舒畅、精神焕发。当然，通过功法锻炼调畅气机、调节情绪是一个重要方面，日常更应该力戒暴怒或心情忧郁，做到"持其志，无暴其气"。

十七、如何做好"风摆荷叶"的体侧屈动作？

需注意以下方面：一是保持体侧屈的动作要稍停片刻，利于充分拉伸两胁刺激肝胆经、活动调节脊椎平衡。二是头上面的手臂上臂要贴于耳侧，下面握杖手的位置要与腰同高，有助于引导并增大体侧屈的幅度。三是将左、右肩和胸部、腹部放置在纵向的同一空间平面内，两膝自然伸直、站立，眼睛看杖的方向，两手由环握变成夹持。做体侧屈动作时，应避免出现转腰、转肩等动作，确保动作规范到位，才能产生最佳的健身效果。当然，对于年老体弱者或疾病患者而言，应适当降低体侧屈的动作幅度，但尽量做到上述三点要求，可能会取得事半功倍的健身作用。

十八、如何才能做好"船夫背纤"的杖划立圆动作？

此式动作包含有多个立圆划杖动作。从开始的弓步转杖，站立转杖压肩，到贴身立圆转杖，成弓步背纤，再弧形引杖划圆上举，全都体现了立圆转杖。如何做好立圆转杖？首先，要清楚该式动作的技术要点，做到以杖引领、杖不离身，形成一股完整的争拔拧劲，似逆流而上背纤而行的船工。其次，是提高技法动作的熟练性，进而使习练者在放松身

健身气功·太极养生杖

心的状态下，全身心地完成划立圆动作。再次，要注意以意领先，意先杖行，身械和谐、统一；而不是杖未行、意未动、身先走，使杖变成习练者的负担，犹如人扛着多余的负重物在运动。最后，要注意贴身立圆转杖，体现人在杖中、杖在人中、杖不离身的练功要求。

十九、"船夫背纤"持杖按压肩井穴的意义何在？

肩井穴的"肩"，指穴在肩部；"井"，指地部孔隙。意为胆经上部经脉下行而至的地部经水，至本穴后，由本穴的地部孔隙流入地之地部，故名肩井。

古籍记载肩井穴有治疗"肩背痹痛，臂不举"的功效，故按压肩井可以防治肩部疾患、放松颈肩僵硬、缓解上肢酸胀麻木等。又有歌诀曰："肩井穴是大关津，掐此开通血气行，各处推完将此掐，不愁气血不周身。"因此，持杖按压肩井穴，亦可鼓舞人体气血，畅通全身经络，振奋人身阳气，起到疏泄肝经郁结、祛除胃经积热等作用，对于干预调节胸部的一些疾病，尤其是女性乳房疾患等具有一定特殊作用。

二十、怎样练习"船夫背纤"能有效地刺激大椎？

此式动作，当转腰、转体上下一体拧转弓步背纤时，要同时注意百会上领、微收下颌、转头、回首远望，才能通过转头这一动作有效强化刺激大椎穴，取得良好的健身养生作用。大椎穴，别名又叫百劳穴或上杼穴，属督脉，三阳、督脉之会。督脉具有统帅和督促全身阳经的作用，负责"总督诸阳"、承担"阳脉之海"的作用。手、足三阳的阳热之气也会汇入大椎穴，并与督脉的阳气一起上行至头颈，故大椎被称为"诸阳之会"、阳中之阳，可谓是人体气血上下通行的十字路口，具有承上启下的作用。中医认为，"得阳者生，失阳者亡"。本动作通过规律性地按压刺激大椎穴，能振奋一身之阳气，而阳气足则气血就会更旺。大椎一穴还通七经（督脉、膀胱经、大肠经、小肠经、三焦经、胆经、胃经），经常练习亦可防治项强、肩背痛、腰脊强、五劳虚损、七伤乏力、热病、咳嗽等病症。

二十一、如何理解本功法走转"八方"锻炼的文化内涵？

太极养生杖功法编创的理念之一，是遵循太极、阴阳、四象、八卦演化的规律，最终走转"八方"演练整套功法。所谓"八方"，即东、南、西、北四个方向，再加上东南、西南、东北、西北四个斜角方向，在传统文化中称为"四正""四隅"。在整套功法演练中，"轻舟缓行"是前后方向运动，"风摆荷叶""船夫背纤""神针定海"是左右方向运动，是为"四正"方向的演练；"艄公摇橹"有左前方、右前方两个方向的上步摇撸动作，"金龙绞尾"有左后方、右后方两个方向的撤步、转体、划圆动作，是为"四隅"方向的演练。以上共同构成了"八方"的圆转运动。习练者站在"八方"的位置上持杖做各种圆转运动，宛如由四面八方形成的一个360°的球形体，生动演绎了中国古人"天圆地方"的宇宙观，在沟通人与天地的和谐共生中，体现出深厚的"天人合一"的健身养生思想内涵。

二十二、"金龙绞尾"中低歇步与高歇步的健身作用有何区别？

本式共有两个歇步，一个是高歇步，另一个是低歇步。做高歇步时，一腿屈膝抵按前交叉腿的承山穴。承山穴是膀胱经的重要穴位，是人体脏腑经络之气输注并散发于体表的部位，是与脏腑经络之气相通并随之活动、变化的感受点和反应点。屈膝抵按承山穴，对防治腰腿痛、膝盖劳累、脚部劳累等劳累病症以及祛除湿气等具有积极作用。低歇步的动作，加强了腰、腿交错拧转的幅度，不仅能更大程度地刺激带脉以及循行于下肢经脉的气血运动，而且对提高下肢柔韧性、力量和平衡能力有很大帮助。体弱多病者，特别是患有高血压、冠心病等疾病的习练者，可以不做低歇步动作，保持高歇步状态完成绞杖动作；待身体素质改善后，再屈膝全蹲做低歇步动作。

二十三、如何避免"金龙绞尾"滑杖时掉落杖问题？

"金龙绞尾"要求一只手向前，另一只手向后相向交错滑杖。然而滑杖时，有人常会出现杖的后端掉落的现象。究其原因，主要是因为两手心相向对着同时滑杖时，没有做到沉肩和坠肘，且忽略了杖不离身，即杖的后端要轻贴于身侧这个要点导致的。要想杖不掉落，需注意两手和躯干三点固定，做到手不离杖、杖不离身，使杖和身体融为一个整体。

二十四、"金龙绞尾"成高歇步前是否必须有扣脚动作再交叉步？

本动作一脚向斜后撤步，转身成弓步盖杖时，弓步大小因人而异，收脚成高歇步的处理方式也就存在差别。弓步步幅相对小一些者，可以直接收脚做交叉步，不必扣脚后再撤步；弓步幅度较大者，很难直接收脚做交叉步成高歇步，这时前脚需要先内扣一下再收脚，起到一个过渡调整的作用，以免引起身体重心起伏、呼吸憋气或努劲等不良现象，影响功法演练水平和健身效果。因此，扣不扣脚，与步幅大小、身体重心高低有关，不存在对和错的问题。

二十五、习练太极养生杖是否必须使用伴奏音乐？

"音乐者，所以动荡血脉，通流精神而和正心也"。太极养生杖功法伴奏音乐，曲调婉转动听，悠扬舒缓高雅，宛如天降仙音，既有帮助习练者快速进入练功状态的成效，也具有静心养性、陶冶情操的效果，深受境内外习练者的喜爱。本功法的伴奏音乐共有两种表现形式，一种是纯伴奏功法音乐，另一种是带有口令词的功法伴奏音乐，灵活运用得法，对提高练功兴趣和水平颇有裨益。初学乍练时，使用带有口令词的功法伴奏音乐比较适宜，可以帮助初学者记忆动作、创设练功氛围、增加练习兴趣、促进动作技能的掌握和熟练。当掌握了功法动作后，建议使用纯伴奏功法音乐：一是能使习练者更好地感知和专心于自我技术练习；二是可以帮助习练者尽快达到心静体松、排除杂念的练功状态，利于调身、调息、调心"三调"的协同配合；三是集体演练利于大家动作的整齐划一、节奏一致，提高集体演练的质量和气氛。当练功达到较高层次时，习练者往往选择适宜自己的动作速率和节奏、呼吸频率和方式以及意念的松紧快慢等演练功法，逐渐形成自己特有的风格，此阶段建议不再配乐进行练习，以更利于调心、调息、调身三调合一身心境界的达成和持久。

二十六、习练太极养生杖呼吸与动作配合有何规律？

学练本功法，呼吸吐纳和形体动作的配合有其层次性和阶段性，是一个逐渐关联、紧密结合，再到融为一体的渐进发展过程。学练初期，重点应放在形体动作的规范上，这时的呼吸方式通常是自然呼吸，且不强调呼吸与动作的配合，呼吸顺其自然，以不影响动作规范完成即可。随着功法动作的逐渐熟练，这时就应该有目的地配合呼吸进行练习，呼吸与动作配合的规律为起吸、落呼、开吸、合呼。此阶段，起初可能还是自然呼吸与形体动作的配合练习，渐渐地就要引导呼吸逐渐转化为腹式呼吸，并逐渐达到深、长、匀、细的呼吸状态，此时仍按照起吸落呼、开吸合呼的配合规律协同呼吸与形体的锻炼，但要把以形体动作为主转化为以呼吸引动为主，让呼吸成为功法三调锻炼的引动者。当呼吸引动形体动作达到自如后，形体动作和呼吸吐纳将是在意念的统帅下实现合一的运动，也就不再需要始终有意识地关注呼吸和形体的配合了，从而进入不调而自调的练功阶段。需要强调的是，呼吸吐纳达到深长匀细的状态是练出来的，需要一个循序渐进的锻炼过程，切忌刻意追求和强呼硬吸，顺其自然是其重要的遵循原则。

二十七、如何做好太极养生杖的腹式呼吸?

腹式呼吸是本功法常用的呼吸方式，也是促进练功走向深入的重要途径。要想练好腹式呼吸，无论是顺腹式呼吸还是逆腹式呼吸，都要把握一些规律性的东西。首先，要在松静的基础上练习腹式呼吸。如果形体尤其是腰部不放松，气就很难下沉，强行腹式呼吸练习，极易造成憋气、胸闷等现象；倘若是心神也不专一、安静，不可能做到深长匀细的腹式呼吸。因此，要先练松静，待有基础后再练腹式呼吸。其次，是切忌盲目追求。深长匀细的呼吸是一个逐渐形成的过程，需要习练者在实践中逐渐摸索形成。要从自然呼吸练习开始，做到心安气自调之后，呼吸就会慢慢变得深长匀细。最后，要有意识地着眼于呼吸的气息出入活动，而不是单纯地想着腹部的鼓胀、缩小。将意念活动与气息出入紧密结合起来，才能收摄心神、激发真气，促进习练者尽快进入三调合一的身心境界。

二十八、学练太极养生杖如何做到松静自然?

松静自然贯穿在本功法锻炼的不同阶段和层次，也是练功取得成效的关键所在。松，包含精神与身体两方面的放松。精神放松，主要是解决心理状态问题，从紧张、压力、浮躁的情绪中解放出来，使练功中保持一种恬淡虚无、心神宁静的状态。身体放松，主要指肌肉、肌腱、韧带、关节以及脏腑等都要放松，使全身上下、内外都处于相对稳定、松弛的状态。身心放松，一方面利于人体气血的自然循环，减少机体的负担和能量消耗，降低基础代谢率；另一方面可以降低机体的兴奋程度，减少内、外环境对大脑皮质的干扰，利于诱导大脑入静，加快进入自我身心调整的状态。

身体的放松，绝对不是松懈，而是肢体的放长、舒伸，是松开全身的关节。如当杖由上向下沉落时，沉肩坠肘，可使手臂放松、舒伸、松落到位；由于放松了，应该能感受到手中杖的沉坠感。本功法将杖视为形体和形体动作的延长，与人自然地融为一体，而不是把杖视为操作对象，将人与杖变为制约与被制约的关系，甚至将杖变为动作的对象。做到了杖行身随、人杖一体，肢体自然就会处于松静状态。仅有肢体和器械的延长、关节的松开还不够，本功法还强调意念引导的放长，即形止意未尽，沿着动作方向，意境无限深远，这时形体松了心也会静。重视演练过程中的形正，是做好放松的重要基础，因为形正气顺意宁才会体松，而放松反过来又促进意宁气顺形正，正所谓"抱神以静，形将自正"。

所谓"自然"，讲的是自身运动的固有规律。习练太极养生杖要做到松静自然，就是要将形体动作、呼吸吐纳和意念调节等都按照生命活动的规律进行锻炼。持杖练习时运动自然，不拘谨，不牵强，不是杖在练人，而是人杖合一，是自然而然、浑然一体的。功法锻炼的本身，是将日常生活中提炼出来的动作进行进一步的纯化，把有益于人生命活动的予以强化，同时消除不利于人的生命活动的运动。与徒手练功相比，持杖锻炼往往有不少动作演练起来似乎并不符合日常生活的习惯，甚至令习练者感到十分别扭，但这种别扭并不意味着就是"不自然"。因为生活中已经习惯的很多动作并非是符合生命活动规律的，具有较强的偏颇性，只是因为习以为常而感到自自然然，其实长此以往可能会引起人体生理机能的不平衡，进而损害身心健康。本功法里面的很多动作，就是为了纠正日常生活习惯引起的偏颇而设计的。初学乍练时感到不自然，其实是为了达到更好的自然，纠正偏颇动作习惯，逐渐回归于自然，促进身心的健康。随着功法锻炼的逐渐提高，持杖练习的动作要合于法，既要一招一势力求准确规范，但又不强求，以舒适为度；呼吸自然要莫忘莫助，不能强吸强呼，逐步做到深、长、匀、细；意念自然，要"似守非守、绵绵若存"，过于用意会造成气滞血瘀，导致精神紧张。需要强调的是，所谓"自然"绝非"听其自然""任其自然"，而是"道法自然"，需要习练者在练功中仔细体悟和践行。

二十九、青年人群学练太极养生杖有什么益处？

有的人认为，太极养生杖是中老年人的健身运动，不适合青年人群的学练。其实，这是一种误解，也是没有真正认识功法内涵和锻炼价值的表现。广泛的健身实践和科学测试充分表明，坚持本功法锻炼，不仅对柔韧性、平衡性、协调性、灵活性和肺活量、肌肉力量等具有显著的提高作用，而且人际关系、情绪压力、主观幸福感、生活质量等均有明显改善，还对心肺功能的促进等具有积极作用。究其原因，是与本功法注重调身、调息、调身的综合锻炼紧密关联。本功法持杖练习，加大了对四肢百骸、气血筋骨肉等的整体性锻炼，特别是对久坐少动的年轻人群的颈、肩、腰等部位，有着强化刺激和锻炼效果。如"船夫背纤""金龙绞尾""探海寻宝"等动作，对肩、腰、髋、膝、踝等均有规律性的抻拉作用。两手持杖，相牵相系，使人体进行对称平衡运动，特别是有了外在杖的参照尺度，可以有效地发挥本功法的塑形、正形功能，纠正青年低头族、静坐族中常见的形体不正等问题，干预改善颈椎、腰椎等疾病。功法锻炼中，心神专一而不杂，或系于动作，或系于呼吸，形神兼备，意气相随，利于消除青年人群日常内心的疲劳和不良情绪，特别是进入创设的意境后，更能得到美的熏陶和享受，产生良好的情绪体验。概而言之，本功法外练筋骨皮，内练意气神，对改善和优化青年人群的生命健康具有显著作用，是青年人群在紧张的职场生活中健身锻炼的较佳选择。

三十、本功法与太极拳械有何区别?

本功法与太极拳械名称中均有"太极"两字，说明两者均是以中国传统文化特别是太极文化为指导编创而成的。太极养生杖和太极拳械均强调形、神、意、气的综合锻炼，动作柔和缓慢、圆活连贯、绵绵不断，坚持学练对生命健康均有积极的促进作用。由此可见，两者存在诸多共性之处。但是，本质上两者是有区别的。太极拳械属于武术的范畴，武术的本质属性具有攻防技击的含义。因此，太极拳式式相承的动作，是按照攻防格斗的意识进行编创的，虽有一定的健身养生效果，但不是追求的根本目标。反观太极养生杖，属于健身气功的范畴，编创的根本目的就是增进身心健康，每一招每一势均着眼于通过形体、呼吸、意念的综合锻炼，改善脏腑功能，促进经络畅通，达到阴平阳秘、疾病不生的健康状态，恰如佛家所言的"直指人心""见性成佛"，而不是"千呼万唤始出来，犹抱琵琶半遮面"。

参 考 文 献

［1］国家体育总局健身气功管理中心. 健身气功社会体育指导员培训教材
　　［M］. 北京：人民体育出版社，2007.

［2］国家体育总局健身气功管理中心. 五种健身气功功法效果研究［M］.
　　北京：人民体育出版社，2011.

［3］席裕康. 内外功图说辑要［M］. 北京：中国国家图书馆馆藏书.

［4］吕不韦. 吕氏春秋集释［M］. 许维通，集释，梁运华，整理. 北京：
　　中华书局，2016.

［5］庄周. 庄子［M］. 方勇，校点. 上海：上海古籍出版社，2009.

［6］张景岳. 类经图翼［M］. 影印本. 北京：人民卫生出版社，1958.

［7］敬慎山房. 敬慎山房导引图［M］. 北京：北京图书馆出版社.

［8］黄帝内经·素问［M］. 北京：人民卫生出版社，1963.

［9］文物［J］. 北京：文物出版社，1975（6）.

［10］马王堆汉墓帛书整理小组. 导引图论文集［C］. 北京：文物出版
　　社，1979.

［11］金冠，陶熊. 气功精选［M］. 北京：人民体育出版社，1981.

［12］南京中医学院. 诸病源候论校释［M］. 北京：人民卫生出版社，
　　1982.

［13］关永年. 太极棒气功［M］. 北京：人民体育出版社，1984.

［14］王明. 抱朴子内篇校释［M］. 北京：中华书局，1985.

［15］邱会河. 中医基础理论［M］. 上海：上海科学技术出版社，1985.

［16］习云太. 中国武术史［M］. 北京：人民体育出版社，1985.

［17］李永昌. 中国按摩术［M］. 合肥：安徽科学技术出版社，1985.

［18］浙江省气功科学研究会，气功杂志社编辑部. 中国气功四大经典讲
　　解［M］. 杭州：浙江省古籍出版社，1988.

［19］陶秉福，杨卫和. 气功疗法集锦［M］. 北京：人民卫生出版社，
1989.

［20］马礼堂. 马礼堂养生新功法集粹［M］. 北京：奥林匹克出版社，
1990.

［21］吕光荣. 中国气功经典（四册）［M］. 北京：人民体育出版社，
1990.

［22］余功保. 中国古代养生术百种［M］. 北京：北京体育大学出版社，
1991.

［23］沈寿. 导引养生图说［M］. 北京：人民体育出版社，1992.

［24］王学苔. 中国医学百科全书［M］. 上海：上海科学技术出版社，
1998.

［25］郭林新气功研究会. 郭林新气功［M］. 北京：人民体育出版社，
1999.

［26］李良根，李琳. 剑经注解［M］. 南昌：江西科学技术出版社，2002.

［27］张君房. 云笈七签［M］. 北京：中华书局，2003.

［28］岳珂. 桯史［M］. 吴敏霞，校注. 西安：三秦出版社，2004.

［29］孙思邈. 重刊孙真人备急千金要方［M］. 北京：北京图书馆出版
社，2004.

［30］孙思邈. 千金方［M］. 呼和浩特：内蒙古人民出版社，2004.

［31］周世荣. 马王堆导引术［M］. 长沙：岳麓出版社，2005.

［32］韦以宗. 中国整脊学［M］. 北京：人民卫生出版社，2006.

［33］崔乐泉. 中国体育通史［M］. 北京：人民体育出版社，2008.

［34］陶弘景. 养性延命录［M］. 北京：中华书局，2011.

［35］周伟良.《易筋经》四珍本校释［M］. 北京：人民体育出版社，
2011.

［36］刘天君. 中医气功学［M］. 北京：中国中医药出版社，2013.

［37］罗愿. 尔雅翼［M］. 石云孙，校注. 合肥：黄山书社，2013.

［38］吴志华. 处州十大历史名人——卢镗［M］. 北京：中国文史出版
社，2016.

［39］戚继光.纪效新书［M］.葛业文，译注.北京：中华书局，2017.

［40］孙思邈.存神练气铭［M］//董诰.全唐文.北京：中华书局，1983.

［41］张继禹.中华道藏［M］.北京：华夏出版社，2014.

［42］佚名.乾隆大藏经·小乘单译经［M］.影印本.北京：中国书店，2010.

［43］阮元.十三经注疏［M］.影印本.北京：中华书局，1979.

［44］郭沫若.郭沫若全集［M］.北京：科学出版社，1992.

［45］高大伦.张家山汉简《引书》研究［M］.成都：巴蜀书社，1995.

附录一 人体经络穴位图

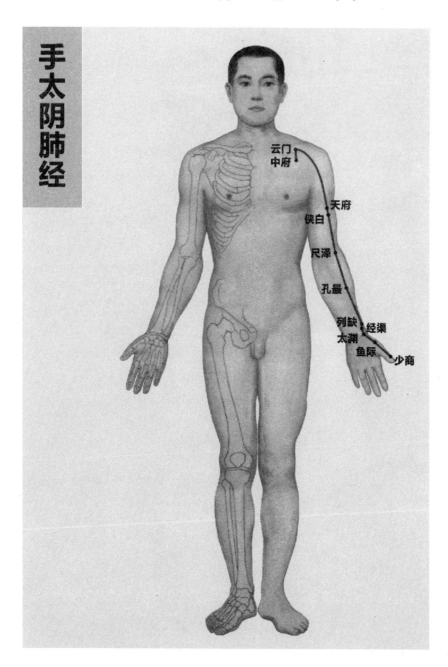

手太阴肺经

云门
中府
天府
侠白
尺泽
孔最
列缺
太渊
经渠
鱼际
少商

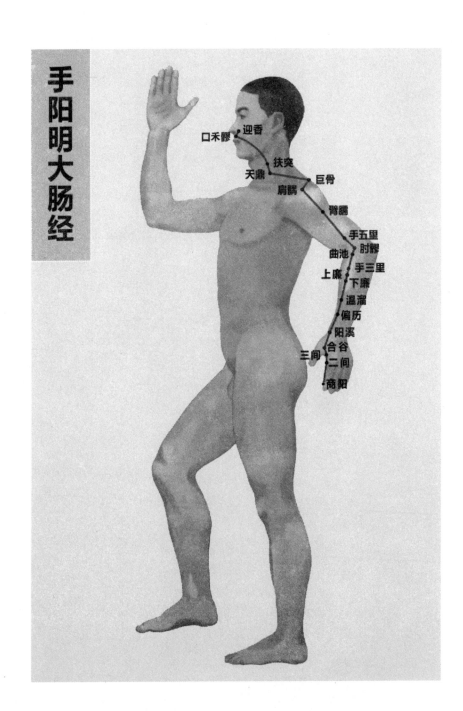

手阳明大肠经

口禾髎 迎香
扶突
天鼎 巨骨
肩髃
臂臑
手五里
肘髎
曲池 手三里
上廉 下廉
温溜
偏历
阳溪
合谷
三间 二间
商阳

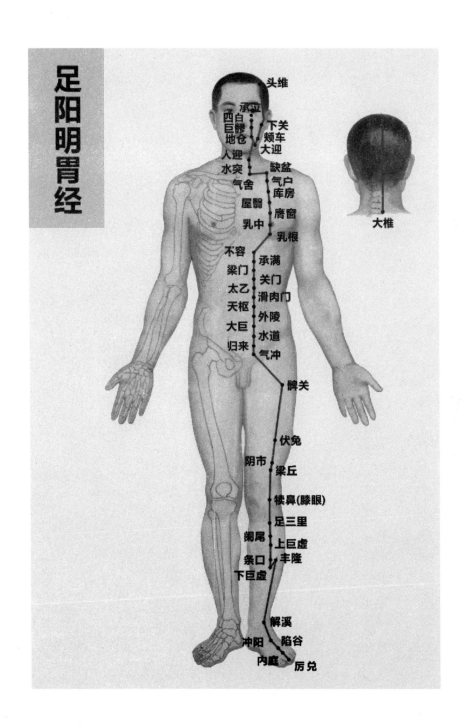

足阳明胃经

头维
承泣
四白
巨髎
地仓
人迎
水突
气舍
屋翳
乳中

下关
颊车
大迎
缺盆
气户
库房
膺窗
乳根

不容
梁门
太乙
天枢
大巨
归来

承满
关门
滑肉门
外陵
水道
气冲

髀关

伏兔

阴市
梁丘

犊鼻(膝眼)

足三里

阑尾
条口
下巨虚

上巨虚
丰隆

解溪
冲阳
内庭

陷谷
厉兑

大椎

229

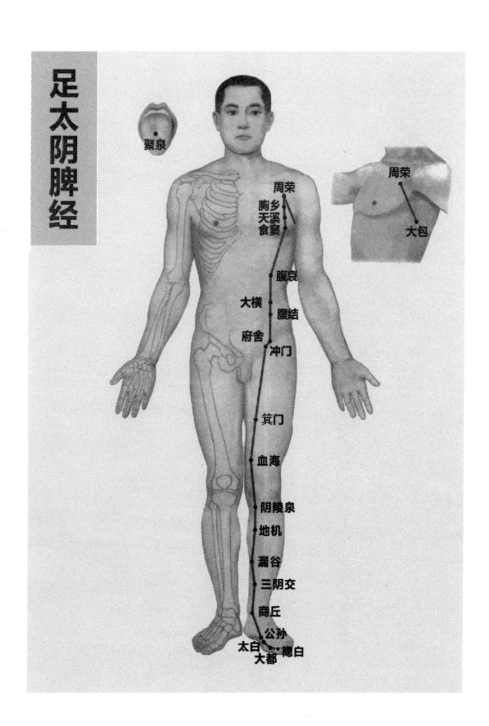

足太阴脾经

聚泉

周荣
乡
胸
溪
天
食窦

腹哀

大横
腹结

府舍
冲门

箕门

血海

阴陵泉
地机
漏谷
三阴交
商丘
公孙
太白　　隐白
大都

周荣
大包

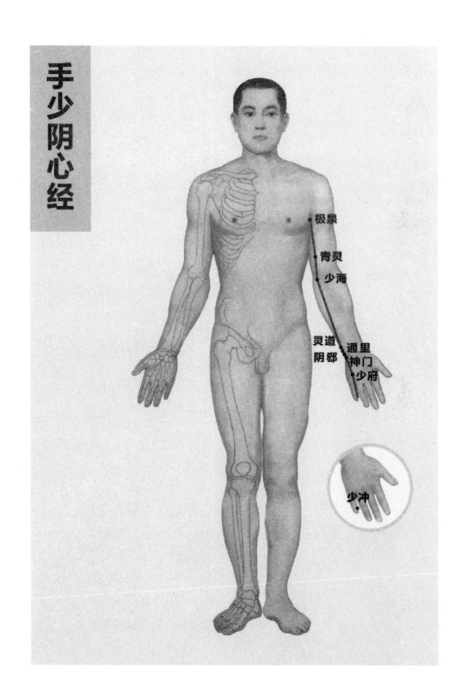

手少阴心经

极泉
青灵
少海
灵道　通里
阴郄　神门
　　　少府

少冲

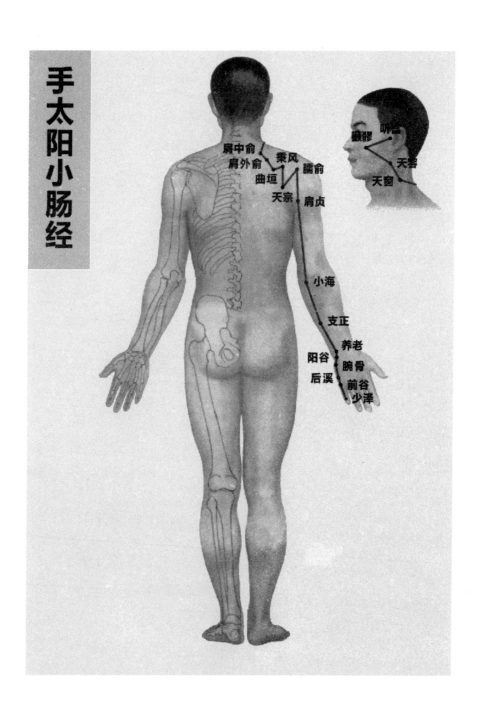

手太阳小肠经

肩中俞
肩外俞
曲垣
天宗
秉风
臑俞
肩贞

颧髎
听宫
天容
天窗

小海

支正

养老
阳谷　腕骨
后溪　前谷
少泽

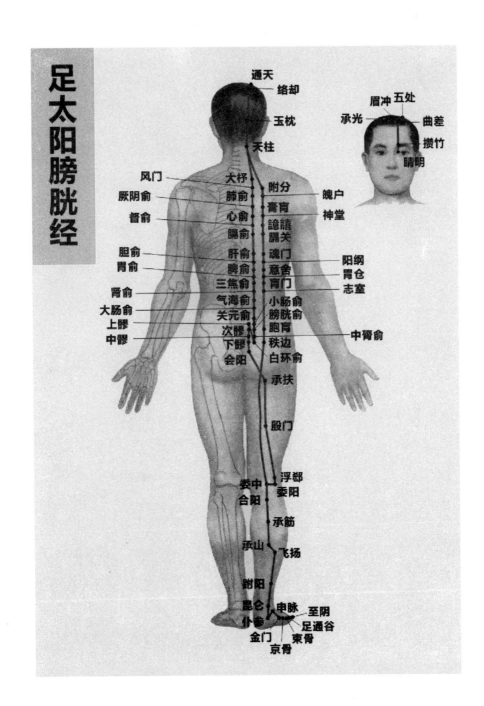

足太阳膀胱经

通天
络却
玉枕
天柱

眉冲 五处
承光 曲差
攒竹
睛明

风门
厥阴俞
督俞

大杼
肺俞
心俞
膈俞

附分
膏肓
譩譆
膈关

魄户
神堂

胆俞
胃俞

肝俞
脾俞

魂门
意舍
肓门

阳纲
胃仓
志室

肾俞
大肠俞
上髎
中髎

三焦俞
气海俞
关元俞
次髎
下髎
会阳

小肠俞
膀胱俞
胞肓
秩边
白环俞

中膂俞

承扶

殷门

委中
合阳

浮郄
委阳

承筋

承山
飞扬

跗阳

昆仑
仆参
金门
京骨

申脉 至阴
足通谷
束骨

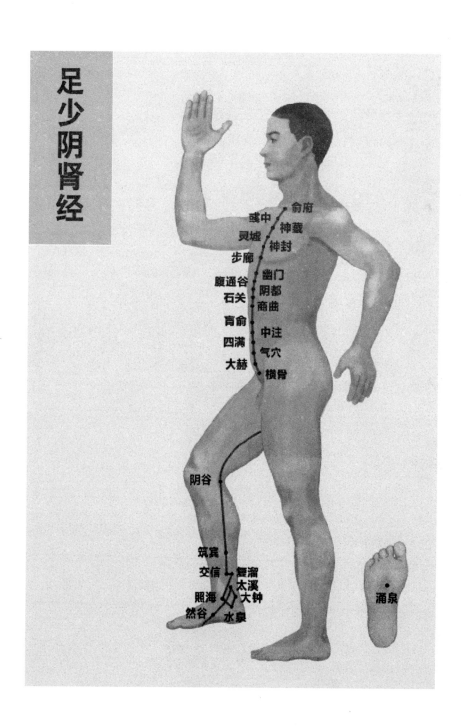

足少阴肾经

俞府
彧中　神藏
灵墟　神封
步廊
　　幽门
腹通谷　阴都
石关　商曲
肓俞　中注
四满　气穴
大赫　横骨

阴谷

筑宾
交信　复溜
　　太溪
照海　大钟
然谷　水泉

涌泉

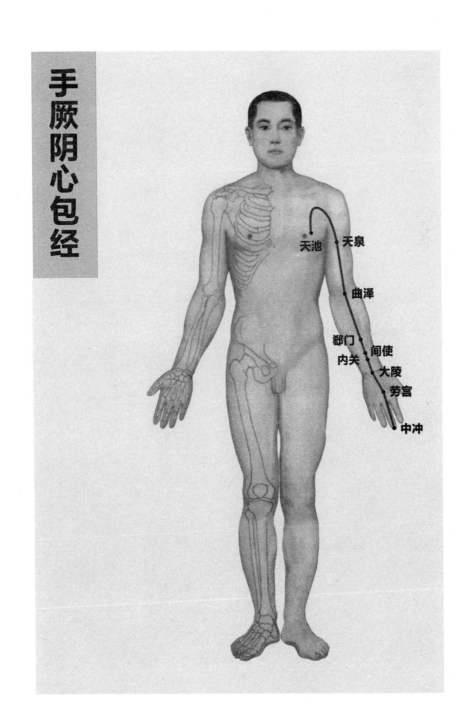

手厥阴心包经

天池 · 天泉

曲泽

郄门
内关 · 间使
大陵
劳宫

中冲

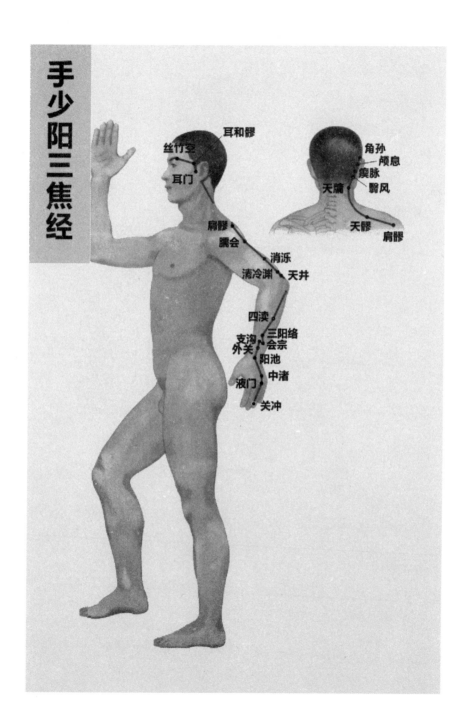

手少阳三焦经

耳和髎
丝竹空
耳门

肩髎
臑会
消泺
清冷渊　天井
四渎
三阳络
支沟　会宗
外关　阳池
中渚
液门
关冲

角孙
颅息
瘈脉
翳风
天牖
天髎
肩髎

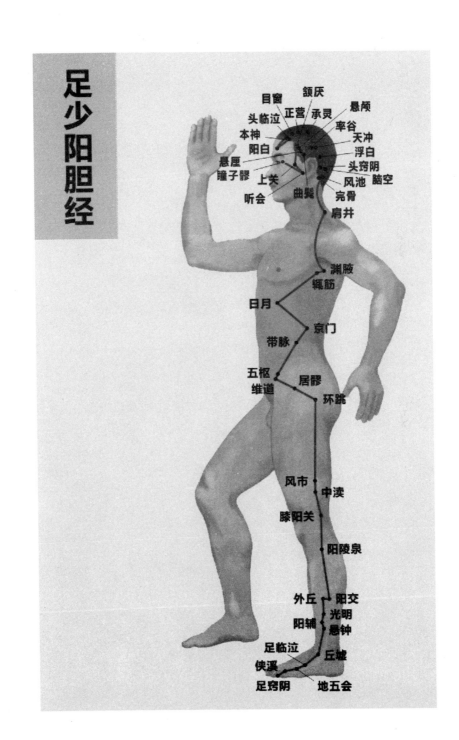

足少阳胆经

目窗　颔厌
头临泣　正营　承灵　悬颅
本神　　　　　　率谷
阳白　　　　　天冲
悬厘　　　　　浮白
瞳子髎　　　头窍阴
　上关　　　瞳空
听会　曲鬓　风池
　　　　　完骨
　　　　肩井

渊腋
辄筋
日月
　京门
带脉
五枢　居髎
维道　环跳

风市
中渎
膝阳关
阳陵泉

外丘　阳交
阳辅　光明
　　　悬钟
足临泣　丘墟
侠溪
足窍阴　地五会

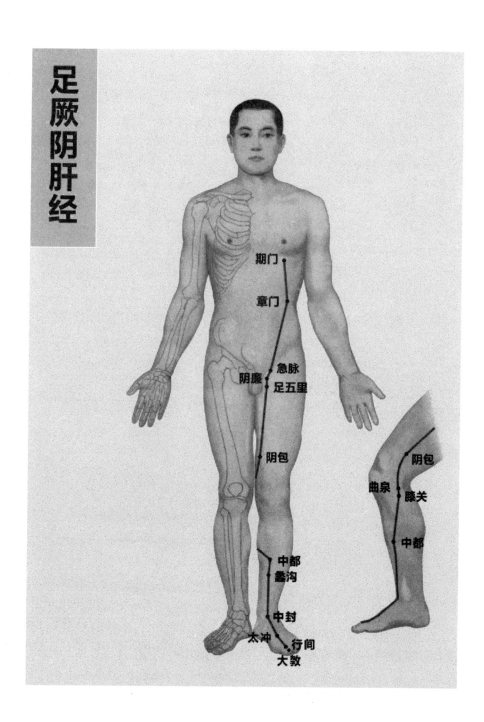

足厥阴肝经

期门
章门
急脉
阴廉
足五里
阴包
曲泉
膝关
中都
中都
蠡沟
中封
太冲 行间
大敦

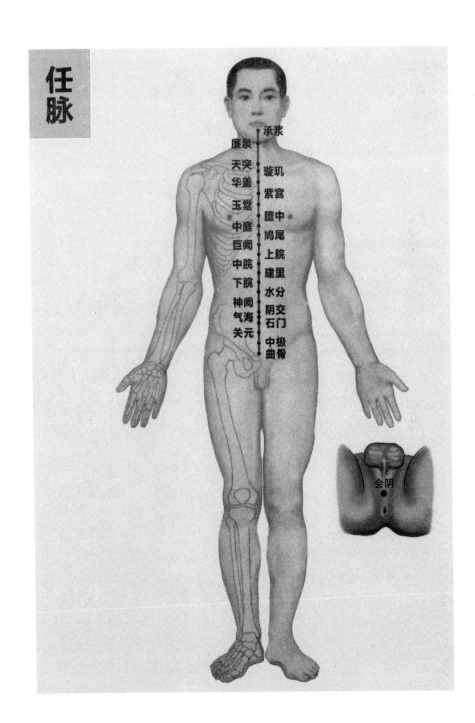

任脉

承浆

廉泉
天突　璇玑
华盖　紫宫
玉堂　膻中
中庭
巨阙　鸠尾
中脘　上脘
下脘　建里
神阙　水分
气海　阴交
关元　石门
　　　中极
　　　曲骨

会阴

239

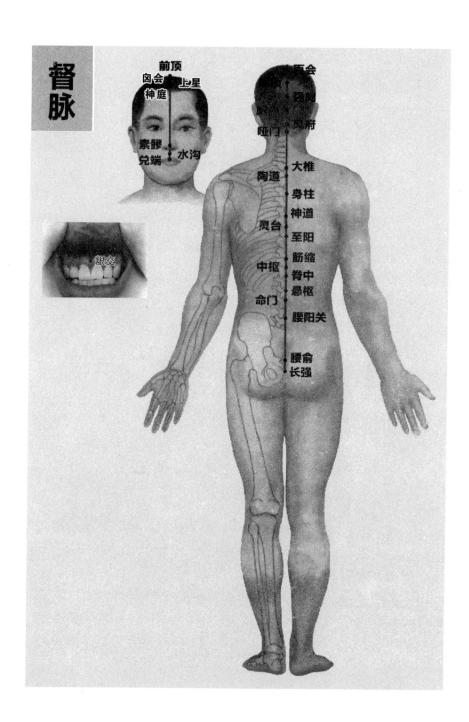

督脉

前顶
囟会　上星
神庭

素髎
兑端　水沟

龈交

顶会
强间
脑府
哑门

大椎
身柱
神道
至阳
筋缩
脊中
悬枢
腰阳关

腰俞
长强

陶道

灵台

中枢

命门

附录二　人体脏腑图

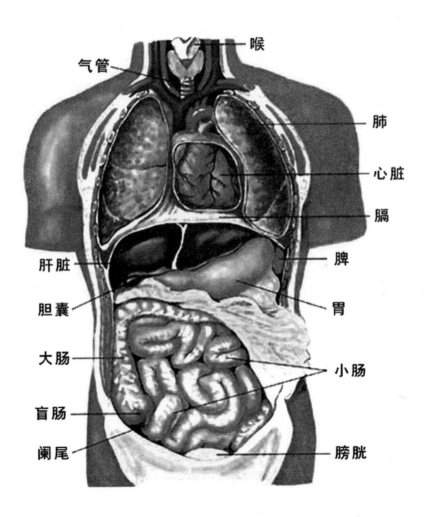

喉

气管

肺

心脏

膈

肝脏

胆囊

脾

胃

大肠

小肠

盲肠

膀胱

阑尾

附录三　人体浅层肌肉图

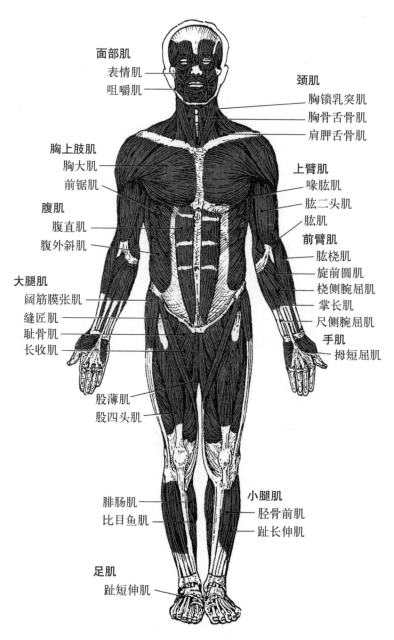

面部肌
　表情肌
　咀嚼肌

颈肌
　胸锁乳突肌
　胸骨舌骨肌
　肩胛舌骨肌

胸上肢肌
　胸大肌
　前锯肌

上臂肌
　喙肱肌
　肱二头肌
　肱肌

腹肌
　腹直肌
　腹外斜肌

前臂肌
　肱桡肌
　旋前圆肌
　桡侧腕屈肌
　掌长肌
　尺侧腕屈肌

大腿肌
　阔筋膜张肌
　缝匠肌
　耻骨肌
　长收肌

手肌
　拇短屈肌

股薄肌
股四头肌

腓肠肌
比目鱼肌

小腿肌
　胫骨前肌
　趾长伸肌

足肌
　趾短伸肌

全身浅层肌肉（前面）

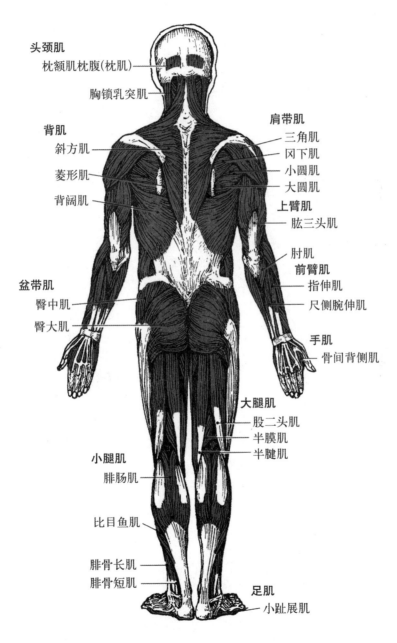

头颈肌
枕额肌枕腹(枕肌)
胸锁乳突肌

背肌
斜方肌
菱形肌
背阔肌

盆带肌
臀中肌
臀大肌

肩带肌
三角肌
冈下肌
小圆肌
大圆肌

上臂肌
肱三头肌

肘肌
前臂肌
指伸肌
尺侧腕伸肌

手肌
骨间背侧肌

大腿肌
股二头肌
半膜肌
半腱肌

小腿肌
腓肠肌

比目鱼肌

腓骨长肌
腓骨短肌

足肌
小趾展肌

全身浅层肌肉（背面）

243

附录四　人体骨骼图

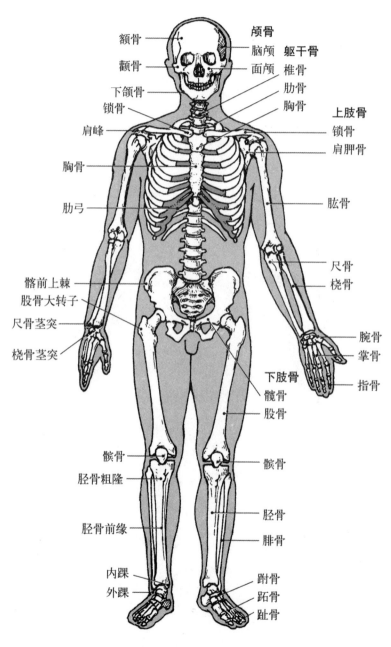

额骨

颧骨

下颌骨

锁骨

肩峰

胸骨

肋弓

髂前上棘

股骨大转子

尺骨茎突

桡骨茎突

髌骨

胫骨粗隆

胫骨前缘

内踝

外踝

颅骨

脑颅

面颅

躯干骨

椎骨

肋骨

胸骨

上肢骨

锁骨

肩胛骨

肱骨

尺骨

桡骨

腕骨

掌骨

指骨

下肢骨

髋骨

股骨

髌骨

胫骨

腓骨

跗骨

距骨

趾骨

全身骨骼（前面）

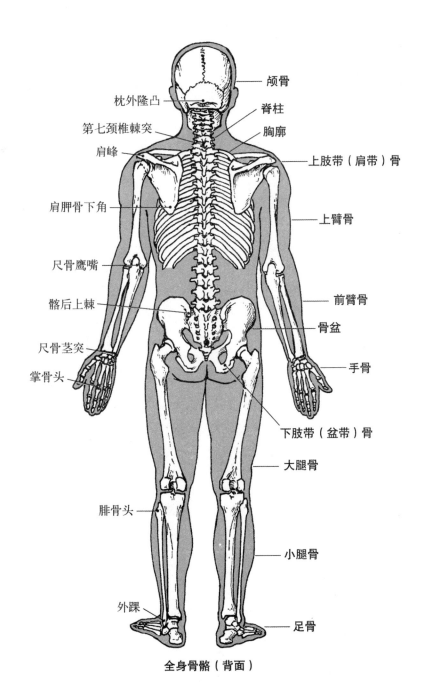

颅骨

枕外隆凸

脊柱

第七颈椎棘突

胸廓

肩峰

上肢带（肩带）骨

肩胛骨下角

上臂骨

尺骨鹰嘴

前臂骨

髂后上棘

骨盆

尺骨茎突

手骨

掌骨头

下肢带（盆带）骨

大腿骨

腓骨头

小腿骨

外踝

足骨

全身骨骼（背面）